# Wölfe

## Arnulfs achtes Abenteuer

### Geschichten aus Bergisch-Bachland

Niedergeschrieben von B.Kietzmann

## Personenregister

Arnulf – Freiherr von Bergisch-Bachland
Antje – Freifrau von Bergisch-Bachland
Hansen – ein alter Fährtensucher
Der junge Hartmudt – ein Bogenschütze
Angus – Soldat des Freiherren
Rupert – Soldat des Freiherren
Ein Rudel Wölfe angeführt vom Leitwolf Schattenfell
Murathyr – ein Bergelfe und bekannter Assassine
Ustin – Der Anführer der neuen Siedler
Francus – ein säumiger Wächter
Jildhrell – die Elfenhexe
Der Elfenkönig
Streuner – ein Wolfshund
Der Weiße Alte – ein uralter Baum, der das Heiligtum aller Bewohner der Berge ist

# Ein Blick in die Zukunft

Die Sonne ging soeben auf, als Arnulf am Fenster stand. Er sah in Richtung Ylsten und überlegte, wie es seinem Sohn dort in der Universität erging.
Er sah ihn vor sich, wie er sagen würde, "Warum machst du dir so viele Sorgen um mich? Denk mal daran, was du im meinem Alter alles gemacht hast!"
Arnulf lächelte in sich hinein. Und er hätte Recht gehabt! In dem Alter war er schon längst mit seinem Vater durch die Wälder gezogen und hatte gelernt mit Pfeil und Bogen umzugehen, Fährten zu lesen und mit dem Wald zu verschmelzen. Er hatte dem Tod in die Augen gesehen und unglaubliche Erlebnisse gehabt.
Er ging langsam weiter den Treppenturm des Schlosses hinauf.
Es wartete noch viel Arbeit auf ihn. Aber der Anfang war gemacht.
Er ärgerte sich ein wenig über den alten Hansen. Er bestand partout darauf in dem verfallenen Gesindegebäude zu wohnen. Der alte Fährtensucher hatte es damit begründet, dass er nicht vorhatte jemanden zur Last zu fallen. Er war schließlich ein alter Mann, der auch mal für sich sein wollte.
Das war absoluter Unfug!
Sie hatten sich einander schon so viele Male das Leben gerettet, dass diese Begründung schon absurd war!
Er musste es eben hinnehmen. Ein so großes Haus wie das Schloss, für nur zwei Personen, war für ihn unanständig. Doch er wollte es aber auch nicht ändern.
Er fühlte sich den alten Mauern auf eine nicht zu erklärende Art verbunden.
Als er in Richtung Grenzwarte sah, keimte wieder diese Idee in ihm, die er schon seit einiger Zeit nicht richtig zu fassen bekam.
Er sah einige Wagen mit Baumaterial vorfahren. Bald würden auch die Handwerker eintreffen. Er musste ihnen Platz zuweisen, wo sie arbeiten konnten.

Doch dazu würde es nicht kommen, wie er gerade erfahren hatte. Hansen hatte ihm dies schon längst mit ungeahntem Elan abgenommen. Offenbar hatte auch er sich dazu schon längere Zeit Gedanken gemacht.
Manchmal hatte er den Eindruck, dass der alte Fährtensucher schon alles durchgeplant hatte, bevor Arnulf überhaupt den Entschluss gefasst hatte, das unglückliche Jagdschloss wieder herzurichten.
Er würde eine lange Zeit hier zu tun haben, aber was machte er danach, wenn alles fertig war? Was tat so ein Freiherr mit seiner Freizeit? Er würde Gericht halten über seine Untertanen, aber er hatte gar keine!
Arnulf schob diese Gedanken beiseite.
Er würde versuchen einige Handwerker hier anzusiedeln. Vielleicht unten am Kreuzweg ein Gasthaus und..., jetzt fiel ihm das Wort ein, das sich in seinem Hinterkopf die ganze Zeit herumdrückte.
Er würde ein Hospital für seinen Sohn bauen! Dann müsste seine Frau nicht mehr so viel Aufhebens machen, das ihr Sohn nicht in ihrer Nähe sei. Das war die Lösung! Ein Haus der Heilung hier in der frischen, gesunden Waldluft!
Er sonnte sich kurz in diesem Gedanken.
Das war eine Lösung für gleich zwei Probleme! Er hätte hier einen Heiler und seine Frau müsste sich nicht ständig um ihren Sohn sorgen, er war ja in greifbarer Nähe. Die Frage war natürlich, was sein Sohn Ove dazu sagen würde, vielleicht hatte er ja selbst schon Pläne für sein Leben gemacht.
Tatsächlich rumpelten die ersten Fuhrwerke mit Material zehn Minuten später auf den Hof. Hansen war sofort zur Stelle und dirigierte die Männer auf dem Hof umher. Er sprang dabei nicht gerade zimperlich mit ihnen um.

Die Jagdhunde hinter dem Haus kläfften die neu Eingetroffenen aus ihrem Käfig heraus an.
Arnulf suchte derweil das Zimmer auf, das noch am bewohnbarsten erschien. Dort hatte sein Frau bereits einen Tisch hingestellt, auf dem eine einfache Tonvase stand. Ein frischer Straus Feldblumen steckte dort drin. Den hatte sie unten am Kreuzweg gepflügt. Es kam beinahe ein heimeliges Gefühl bei diesem Anblick auf.
Er hatte keine Ahnung, wo sie den Tisch her hatte. Aber was spielte das für eine Rolle, so konnten sie wenigstens standesgemäß frühstücken.
Noch saßen der Freiherr und die Freifrau auf Kisten, doch Arnulf hatte schon einige Stühle entdeckt, die er zu reparieren gedachte. Seine Frau sah ihn abwartend an. Er sah sofort, dass sie etwas auf dem Herzen hatte.
Er nickte ihr aufmunternd zu. Sie holte tief Luft, denn sie hatte immer das Gefühl, das ihr Mann ihre Probleme nicht ernst nahm.
"Hast du die Wölfe heute Nacht gehört?"
Sicherlich hatte er ihr Heulen gehört. Es war fundamental für einen Fährtensucher zu wissen, ob Wölfe in der Nähe waren.
"Soll ich heute Abend Fackeln aufstellen lassen ", fragte er. Sie schüttelte abwehrend den Kopf.
"Das meine ich nicht! Sie klangen so traurig - ich weiß nicht, wie ich es sagen soll. Ihnen muss etwas zugestoßen sein!"
Ihr Mann sah sie irritiert an. Er verstand nicht, worauf sie hinaus wollte. Er sah sie fragend an. Manchmal hatte seine Frau recht absurde Ideen, fand er.
"Kannst du nicht mal nachsehen", fragte sie schließlich.
"Was meinst du? Ein Plausch mit einem Wolfsrudel, um heraus zu finden was ihnen auf dem Herzen liegt?"
Er meinte das etwas zynisch, doch zu seinem Verdruss nickte Antje zustimmend. Sie sah ihn bittend an.

"Du kannst doch so etwas, alle erzählen das hier!"
"Dann werde ich wohl allen, die so etwas behaupten, die Zunge rausreißen müssen", rief er erbost. Arnulf wollte endlich das Schloss aufbauen und nicht schon wieder durch den Wald schleichen, um jemandes Leichen auszugraben!
"Schlag dir das aus dem Kopf!"
Er war wohl etwas barsch, denn seine Frau flüchtete entrüstet aus dem Zimmer. Eine Tür schlug ein Stockwerk tiefer laut zu, die wenigen intakten Fensterscheiben klapperten. Arnulf sah deprimiert aus dem Fenster in die Nacht.
Bald darauf stand Antje schon wieder hinter ihm. Sie musste dringend ihrem Ärger Luft machen.
"Menschen, die du noch nie gesehen hast, jeder auf dieser Welt, jeder kann von dir so etwas verlangen! Nur deine eigene Frau nicht! Du bist ein so kaltherziger Mensch!"
Arnulf stöhnte innerlich auf. Was sollte man auf so einen Vorwurf antworten?
Er fragte sich, wie er das anstellen sollte. Ein Plausch mit dem Leitwolf über das Wetter und wo es die besten Happen zu holen gab?
Stumm verließ er das Schloss und lief über den Hof.
Er begab sich in seine provisorische Werkstatt auf der Rückseite des Schlosses und begann einen Stuhl herzurichten. Der Freiherr brauchte Beschäftigung für seine Hände, das war ein gutes Ventil für seinen Ärger, den er in sich spürte. Es dauerte eine Weile und lenkte ihn etwas ab.
Einige Zeit später wurde ihm die Patrouille angekündigt, die er bei Hauptmann Trömso von der Grenzwarte geordert hatte. Es war sein Ziel dieses Gebiet zu befrieden. Hier am Grenzweg galt es Recht und Gesetz durchzusetzen! Dazu zählte die Präsenz der Männer von der Grenzwarte.

Die Reiter stiegen auf dem Hof ab und sahen sich zaghaft um.
Arnulf ging ihnen entgegen und begrüßte sie freundlich.
Hansen, im Hintergrund, knurrte die Reiter an, weil sie so unordentlich angezogen waren. Für ihn waren sie nicht als Ordnungshüter zu erkennen. Da hatte er auch sicherlich Recht.
Arnulf wollte das im Hinterkopf behalten.
Der Unteroffizier meldete sich bei dem Freiherren. Er sah sich unsicher um.
"Habt ihr etwas Ungewöhnliches gesehen oder gehört? Irgendwelche Spuren?"
Der Unteroffizier verneinte langsam. Er wusste wohl nicht, wie er sich gegenüber dem Freiherren verhalten sollte.
Ein älterer Soldat stellte sich dazu. Er hatte im Gegensatz zu seinem Vorgesetzten sehr wohl etwas entdeckt.
"Du vergisst die vielen Wolfsspuren", sagte er ernst und sah Arnulf an. "Die Spuren waren höchstens einen Tag alt", fügte er hinzu.
Hansen nickte dem Mann zu.
"Endlich mal jemand mit Augen und ein wenig Verstand dahinter, " rief er erfreut.
"Ihr macht eine Pause, dann führt ihr mich zu den Spuren", befahl Arnulf dem Reitertrupp. Die nahmen die Pause dankbar an und fütterten ihre Pferde.
"Was denkst du, was das mit den Wölfen auf sich hat", fragte der Freiherr den alten Fährtensucher. Hansen sah bedächtig in den Himmel. Seine wenigen Haare bewegten sich leicht im Wind.
"Die Wölfe treten selten in Erscheinung. Etwas ist im Gange, das sie beunruhigt, etwas das ihnen missfällt. Wir sollten dem unbedingt nachgehen, es sind schließlich unsere ältesten Gefährten. Im Guten, wie im Schlechten! Darüber solltest du dir in deiner Lage Gedanken machen", erklärte Hansen grinsend. Er sagte das mit viel Überzeugung. "Es ist in deinem ureigenen Interesse!"

Arnulf sah ihn eine Weile stumm an, weil er etwas aus diesem Satz heraushörte, das er nicht verstand. Etwas musste also tief im Walde verborgen geschehen sein! Oder meinte der alte zerzauste Kerl vor ihm etwas anderes?
Hansen grinste ihn immer breiter an.
"Was hast du die ganze Zeit zu grinsen?" Er war etwas ungehalten und sah Hansen streng an. "Sag, was du auf dem Herzen hast!" Der Freiherr hatte jetzt eigentlich keine Zeit für dessen kleine Bosheiten.
Eigentlich hatte er im Augenblick keine Zeit, sich um solch diffuse Vorgänge zu kümmern. Er wollte endlich dem Jagdschloss zum alten Glanz verhelfen. Andrerseits hatte er auch den Anspruch, diese Stück Land zu verwalten und den hier lebenden Menschen Schutz zu bieten.
Er musste sich die Spuren wenigstens einmal ansehen.
"Junge, du bist einer der besten Fährtensucher der Berge und doch so blind!" Der alte Mann konnte sich das Lachen nun kaum noch verkneifen.
"Lass es endlich raus, wir haben wirklich andere Sachen zu tun!"
Hansen hob abwehrend die Hände und wischte sich dann eine Träne aus dem Augenwinkel.
"Du musst schon entschuldigen Freiherr, aber du wirst bald wieder Vater!"
Arnulf war wütend aufgesprungen, doch Hansen hob beschwichtigend die Hände.
Langsam erreichten ihn die Worte und er sah sich sprachlos um. Ein kleiner Schwindel erfasste ihn. Das konnte nicht sein! Das war jetzt ein wirklich ungünstiger Augenblick, wie eigentlich immer.

Antje war sofort begeistert von der Idee, die Wölfe aufzusuchen, und wollte dann auf jeden Fall mitgehen. Arnulf, mit seinem neuen Wissen, gab ihr zu bedenken, dass sie ihre neue Behausung im Auge behalten sollte. Man konnte ja nie wissen. Sie murrte ungehalten, fügte sich aber schließlich.
Den Freiherren störte, dass er von seiner Frau keinen Hinweis auf den zu erwartenden Nachwuchs bekam. Er hatte Achtung vor Hansen, das er das so nebenbei bemerkt hatte.
Die beiden Fährtensucher machten sich mit einigen Soldaten von der Grenzwarte auf den Weg.
Es dauerte nur einige Minuten bis sie auf das Gesuchte gestoßen waren,
Wolfsspuren! Es war kein Einzelgänger, das wurde ihnen schnell klar.

# Ein Treffen mit Wölfen

Der Fährtensucher war fest überzeugt davon, dass sie absichtlich dort platziert wurden. Die Spuren sollten auf jeden Fall bald gefunden zu werden!
Also folgten die Männer ihnen eine Zeit lang.
Dabei wurden Arnulfs Begleiter immer langsamer. Sie spürten ganz deutlich die Präsenz der Wölfe. Wahrscheinlich waren die Tiere ganz in der Nähe und beobachteten den Trupp bereits.
Es raschelte ganz in der Nähe im Unterholz, die Männer zogen sofort ihre Waffen. Im nächsten Augenblick stand jedoch Streuner, der Wolfshund, auf dem Pfad. Er näherte sich ganz unbefangen dem Freiherren und sah ihn aufmerksam an.
Der Wolfshund schien Arnulf auffordern zu wollen, ihm zu folgen.

Arnulf sah sich bedächtig um und ging langsam dem Wolfshund hinterher. Hansen winkte ihm, das er allein weitergehen sollte. Das war eine Sache zwischen dem Freiherren und den Wölfen!
Seine Begleiter von der Grenzwarte blieben mit einem unhörbaren Aufatmen zurück.
Der Freiherr griff instinktiv nach seinem Langmesser. Er konnte das Wolfsrudel inzwischen sogar schon riechen. Doch Streuner winselte, als wollte er ihm signalisieren, dass er nichts zu befürchten hatte.
So standen sie wenig später vor einem stattlichen Wolf. Das kam selbst für den ehemaligen Fährtensucher überraschend. Arnulf spürte ein Kribbeln im Genick.
Er stand vermutlich vor dem Leitwolf des Rudels.
Das Tier sah Arnulf intensiv an. Als wollte er den Menschen vor ihm abschätzen.
Es ging nichts Böses von ihm aus. Arnulf verstand das als Aufforderung ihm zu folgen. Streuner blieb dicht an seiner Seite. Da Arnulf ihn nicht als besonders mutig kannte, machte er sich vorerst keine Sorgen. Als er sich umwandte sah er nur Bäume und Sträucher. Seine Begleiter waren nicht mehr zu sehen! Aber etwas anderes hatte er auch nicht erwartet.
Er knurrte unzufrieden und schreckte dann zusammen, als es neben ihm raschelte. Der große Wolf nahm keine Notiz davon.
"Ich bin hier nur der Übersetzer", erklärte Anka, die plötzlich neben ihm aufgetaucht war.
Seine Schwester, die Schamanin der Berge, sah ihn mit angemessenen Ernst an. Ihr schien die Gegenwart eines ganzen Rudels Wölfe jedoch keine Angst zu machen.
"Es gibt wohl hier keinen Winkel, wo du nicht auch bist", stellte ihr Bruder mürrisch fest.

"Die Wölfe wollten dir von einem schlimmen Vorgang berichten", erwiderte sie ungerührt. "Sie haben mich nur darum gebeten, ihnen dabei zu helfen." Seine Schwester bedeutete ihm stehen zu bleiben.
Ein Wolf nach dem anderen kam aus dem Dickicht hervor und schnupperte an ihm. Es kribbelte Arnulf bis in die Fußspitzen. Er blieb steif stehen und rührte sich nicht. Er traute sich kaum zu atmen.
Die Wölfe legten sich in einem Halbkreis um ihn herum, auch Streuner war nun wieder unter ihnen.
"Um was geht es hier", fragte Arnulf etwas ungeduldig. Er wollte die Sache nicht unnötig in die Länge ziehen, er fühlte sich auch nicht sonderlich wohl.
Anka stellte sich neben den Leitwolf.
"Schattenfell, der Leitwolf, hat Menschen gerochen, die mit viel Eisen durch die Wälder ziehen und viel Holz umfallen lassen. Sie sind jetzt bei dem Alten Weißen und lagern dort."
"Eisen ist Werkzeug oder Waffen nehme ich an?"
"Genau."
"Und was genau soll ich jetzt machen? Sie verjagen?"
Der schwarze Wolf knurrte leise, als wenn er den Freiherren verstand
"Sie werden sich nicht verjagen lassen, denn sie wollen schlimme Dinge tun. Sie wollen den alten Zauber des Waldes töten!"
"Das wäre doch dann eher deine Aufgabe, Schwester."
Arnulf sah seine Schwester verständnislos an. Er verstand nicht, was sie und die Wölfe von ihm erwarteten.
Sie fuhr ihn aufgebracht an.
"Du bist der Herr des Landes! Damit ist das allein deine Aufgabe, die Fremden zu verjagen!"

Ihr Bruder sah sie irritiert an und fragte sich, seit wann er Herr dieses Landes war. Das sollte doch wohl eher der König von Bergisch-Bachland sein.
Das war wieder einer der typischen Sprüche seiner Schwester, wenn sie nicht weiterkam.
Arnulf trat einen Schritt auf den Leitwolf zu. Der knurrte leise aber vernehmlich.
"Werden die Wölfe mir dabei wenigstens helfen?"
"Sie werden alles tun was nötig ist", antwortete seine Schwester etwas unbestimmt. Das klang jedoch irgendwie auch bedrohlich.
"Schattenfell sagt auch, etwas ist in den Wald gekommen, etwas das du noch nicht bemerkt hast! Etwas das tötet und die alte Ordnung zerstören will!"
Arnulf wartet auf eine genauere Erklärung, doch die Wölfe hatten sich schon erhoben. Sie liefen ganz ruhig noch einmal an ihr vorbei und verschwanden dann im Wald. Arnulf behielt ihren scharfen Geruch in der Nase.
Dann war wohl alles gesagt. Arnulf wandte sich zum Gehen. Sein Pferd tänzelte unruhig. Es hatte natürlich vor den Wölfen Angst. Es war ein uralter Instinkt. Der Freiherr klopfte dem Tier beruhigend auf den Hals.
Was hatte er jetzt erfahren? Wenn er es richtig verstanden hatte, dann bedrohten zwei verschiedene Parteien Bergisch-Bachland auf die eine oder andere Art und Weise. Er wünschte sich, etwas Genaueres von seiner Schwester zu erfahren. Aber sie würde nichts weiter als nebulöse Andeutungen machen. Wie immer. So etwas schien ihr Freude zu bereiten.
"Beeil dich, die Sache duldet keinen Aufschub", mahnte sie jedoch nur. Sie war nicht bereit ihm nähere Auskunft zu geben, oder irgendetwas Erklärendes zu sagen.

Sie konnte gelegentlich eine schlimme Nervensäge sein, die sich darin gefiel, ihn aus unverständlichen Gründen durch den Bergwald zu scheuchen.
"Welche, der beiden Sachen duldet keinen Aufschub?"
Er drehte sich zu ihr um.
Natürlich war sie schon längst wieder verschwunden. Er war allein zurückgeblieben und schüttelte den Kopf.

"Wir werden den Alten aufsuchen müssen", erklärte Arnulf seiner Frau, als er wieder zurückgekommen war.
Natürlich wusste sie auch, wer und was der Alte Weiße war. Sie war schließlich hier in den Bergen geboren worden. Seine Bedeutung für die Bewohner kannte sie von Kindesbeinen an.
Der Weiße Alte war ein riesiger Baum, der nach den Überlieferungen der Bergbewohner viele hundert Winter gesehen haben musste.
Seine Rinde war in den vergangen Jahrhunderten inzwischen weißgrau geworden, das hatte ihm seinen Namen eingebracht.
Der Baum war ein Hort der Geschichte. Stürme hatten ihn in den Jahrhunderten gezeichnet und ein Teil der Baumkrone fehlte.
Mehrmals wurde er vom Blitz getroffen und hatte gebrannt. Sein Stamm war von Frost und Feuer gespalten worden, dann wieder verwachsen. Trotz allem stand er immer noch da, wie eh und je und sah, wie sich die Welt drehte.
Er war eine heilige Stätte der Schamanen und Magier, schon seit undenklichen Zeiten.
Es hieß, man konnte ihm Fragen stellen und bekam auch Antworten. Natürlich nur, wenn man aufmerksam lauschte.

Daran zweifelte Arnulf jedoch. Er hatte das natürlich in jungen Jahren ausprobiert, jedoch hatte ihm dort nie jemand eine Antwort gegeben.
Aber vielleicht war er auch einfach noch zu jung und ungeduldig gewesen.
Er seufzte.
Seine Frau sah ihn an und war besorgt. Sie riet ihm, die Jagdhunde mit zu nehmen. Angesichts der Wölfe hielt er das jedoch nicht für ratsam.
Er raffte sich hoch, mit irgendetwas musste er langsam beginnen!

Er rief Angus zu sich und beauftragte ihn einen Trupp zusammenzustellen.
Es dauerte nicht lange und das Tor wurde geöffnet und ein Dutzend Männer machten sich auf den Weg. Sie folgten nur kurz dem Grenzweg und stiegen einem schmalen Pfad folgend etwas höher in die Berge hinauf. Sie mussten dabei einige Stunden später an den tosenden Wassermassen der Weißen Fällen vorbei.
Nachdem sie das Donnern des herabstürzenden Wassers mit ihren Füßen nicht mehr fühlten, war es auch nicht mehr weit bis zu dem altehrwürdigen Baumriesen. Die Dämmerung war aufgezogen.
Arnulfs Begleiter fühlten sich sichtlich unwohl.
Der Freiherr hätte gern den alten Hansen dabei gehabt, doch er konnte kaum noch laufen und zog ein warmes Feuer und eine Liege dem nächtlichen Wald mittlerweile vor.
Angus blieb vor ihnen stehen und bedeutete, dass sie ruhig zu sein sollten. Die Männer lauschten in die Nacht. Es waren verschiedene Geräusche zu hören. Sie hörten Gespräche und Lachen. Eine dominierende Stimme kommandierte die Männer dort in der Nacht herum.

Die Männer aus den Bergen konnten auch Feuer riechen. Das alarmierte sie, so dass sie unmerklich schneller wurden.
Nachdem sie den Schein von Feuer zwischen den Bäumen sahen, schlichen sie nur noch langsam weiter. Sie hatten ihre Waffen in den Händen.
In der zunehmenden Dunkelheit wurden sie von den Fremden nicht bemerkt. Sie hatten nicht einmal Wachen aufgestellt.
Eine größere Gruppe Männer lagerte in Sichtweite des Weißen Alten. Sie hatten sich um einige qualmende Lagerfeuer gescharrt und unterhielten sich leise. Wohl fühlten sie sich offensichtlich nicht.
Was Arnulf jedoch alarmierte, war ihr vieles Werkzeug, das überall achtlos herum lag. Er bedeutete seinen Begleitern zu warten und trat aus dem Wald.
Langsam ging er in das Lager. Es dauerte eine Weile bis die Fremden ihn überhaupt wahrnahmen. Dann sprangen sie aber überrascht auf und umringten ihn.
Arnulf sah in bedrohliche Gesichter.
"Was willst du hier Fremder", fragte eine hochgewachsene Gestalt und stellte sich vor den Freiherren. Er war gut zwei Köpfe größer als Arnulf
"Das wollte ich euch gerade fragen, ihr befindet euch hier auf meinem Land!"
"Hast du dies Land geschaffen? Die Berge und Täler?"
"Natürlich nicht, ich weiß aber was du meinst, Fremder." Arnulf gab sich unbekümmert. "Ich sehe nur nach dem Rechten, wenn es euch beliebt."
"Wir sind dir keine Rechenschaft schuldig", erwiderte der große Kerl drohend.
"Warum lagert ihr hier mit Äxten und Sägen bei dem Weißen Alten?"

Er deutete kurz in die Richtung des Baumes, der sich im Flackern der Lagerfeuer zu bewegen schien.
Die Leute aus dem Lager sahen ihren Anführer an und erwarteten seine Antwort.
"Der Weiße Alte, wie du ihn nennst, hat seine Zeit gehabt! Es ist nun Zeit für etwas Neues!"
Arnulf begann zu verstehen. Sie hatten einen Frevel an dem Heiligtum der Berge vor!
"Ihr habt doch nicht etwa vor, den Baum zu fällen?"
"Das Alte muss gehen, um dem Neuen Raum zugeben!"
Die Menschen um den Sprecher raunten zustimmend.
"Das kann ich nicht zulassen", erwiderte Arnulf ebenso bestimmt. Er ließ sie nicht im Zweifel, dass er es ernst meinte.
"Er ist ein Heiligtum der Schamanen. Er ist das Gedächtnis des Landes und dieser Berge!"
"Das ist die ewige Litanei des Althergebrachten", erwiderte der Hochgewachsene abwinkend. Er war auf solche Aussagen offensichtlich vorbereitet.
"Wir werden hier eine Stadt errichten und sie Azerbur dem Weisen weihen!"
Die umstehenden nickten zustimmend. Aber keiner von ihnen sagte ein Wort.
Arnulf glaubte sich verhört zu haben. Azerbur rächte sich für sein Ableben auf diese Art und Weise? Könnte er gar noch zurückkehren? Ungläubig sah Arnulf den Mann an, der da so stolz vor ihm stand.
"Was könnt ihr mit Azerbur zu tun haben", fragte er den Hochgewachsenen gleichmütig. Arnulf wollte nicht, dass die Männer wussten, dass er ihn gekannt hatte.
Er sah ihm in die Augen. Aber dort war nichts. Der Mann war nicht fähig auf die Frage einzugehen.

"Das geht dich doch überhaupt nichts an", stellte der Angesprochene schroff fest.
"Ich fürchte, dass es mich sehr wohl etwas angeht! Mehr als ihr euch vorstellen könnt!"
Arnulf würde gegen diese Gruppe keine Chance haben, das war ihm klar. Doch er konnte sie hier nicht einfach gewähren lassen.
"Verrätst du mir wenigstens deinen Namen?"
Der Mann vor ihm sah sich etwas unsicher um. Seine Begleiter nickten aufgeregt.
Er verschränkte seine Arme vor der Brust und sah auf Arnulf herab.
"Man nennt mich Ustin! Ich führe die Männer und Frauen hier in eine neue Zeit!"
Wieder raunten die Leute hinter ihm zustimmend.
Arnulf überlegte kurz, ob er seine Männer herbeirufen sollte.
"Es werden Soldaten kommen und euch vertreiben! Wenn ihr Pech habt, werden vorher Wölfe kommen und euch zerfleischen!"
Die Männer lachten nur.
"Wir haben genug Eisen um Euch und die Wölfe zu verjagen!"
Ustin drehte sich zu seinen Männern um. Sie hoben ihre Äxte gegen den dunklen Himmel und jubelten. Er hatte sie offensichtlich völlig unter Kontrolle!
"Wir haben keine Angst vor euch Hinterwäldlern. Azerbur wird uns schützen! Azerbur wird uns leiten!"
Kaum waren seine Worte verklungen, da begannen im Wald die Wölfe zu heulen. Aus der Entfernung wurde ihnen geantwortet.
Arnulf überlegte kurz, ob die Tiere verstanden was hier gesagt wurde. Eher fühlten sie wohl, dass hier etwas Unrechtes gegen ihren Wald vorbereitet wurde.
Die Männer rückten instinktiv näher an ihre Feuerstellen heran. Im Schein der lodernden Flammen fühlten sie sich sicherer vor den Wölfen.

So war es schon, seit dem Mensch und Wolf das erste Mal aufeinander getroffen waren. Doch die kalte Angst nistete sich in ihren Herzen ein. Gegen den Ruf der Natur halfen keine Worte. Diese Männer der neuen Zeit, die eben noch die Natur verspottet hatten, sahen mit einem Schlag nicht mehr ganz so zuversichtlich aus. Über ihren Köpfen segelten Fledermäuse mit enormen Tempo hin  und her.
Der Anführer Ustin sah ärgerlich aus. Er strafte seine Männer mit überheblichen Hochmut.
"Ihr lasst euch doch nicht etwa von ein paar Tieren und Hinterwäldlern vertreiben, hier an diesem Platz, den Azerbur für uns auserkoren hat?"
"Wer hat euch gesagt, dass ihr ausgerechnet hier eure neue Stadt errichten sollt", fragte Arnulf. Das schien ihm eine wichtige, vielleicht sogar entscheidende Frage zu sein.
Doch er bekam keine Antwort.
Seine Männer blieben abwartend stehen. Einige Blicke lagen abwartend auf dem Freiherren. Der ging einen Schritt auf den Anführer zu. Ustin drehte sich ärgerlich zu ihm um.
"Als nächstes werden meine Soldaten kommen", sagte Arnulf kalt. Er hatte zwar keine Hoffnung mehr, dass die Geschichte friedlich ausgehen würde. Aber er wollte noch nicht aufgeben. Ustin stellte sich ihm in den Weg, als wollte er den Freiherren nicht vorbei lassen. Arnulf sah ihn gelassen an.
"Wo ist dein Azerbur jetzt, wo ihr gerad in großer Bedrängnis seid", fragte er den Anführer.
"Sag es ihm, Ustin", rief einer der Männer erwartungsvoll. Die Männer wollten sich versichern, dass sie Hilfe erhielten.
Der große Kerl beugte sich zu Arnulf herunter und grinste böse.

"Er ist immer in unserer Nähe! Wir tragen ihn hier", er deutete auf sein Herz. "Das kann uns niemand  nehmen! Nicht du mit deinen Soldaten, oder tausend Wölfe!"
"Oh, da habe ich eine schlechte Nachricht für dich. Dein geliebter Azerbur wurde vor meinen Augen von IHM geholt! Der Jäger und der verrückte Drachenreiter Osween haben ihn gemeinsam in die finstere Ewigkeit zurückgeschickt!"
"Du kannst erzählen was du willst, kleiner Mann, er ist mit uns!" Ustin zeigte noch einmal auf sein Herz.
"Erzählt mir doch, wer euch diesen Unsinn mit Azerbur erzählt hat!"
Die Männer sahen Ustin nun stumm abwartend an. Offensichtlich lief es hier in den Bergen nicht so, wie man es ihnen versprochen hatte.
Arnulf sah ein, dass es keinen Zweck hatte, mit Ustin weiter zu reden. Er war ein Fanatiker, wie es in der Geschichte schon viele gegeben hatte. Die Realität zu ignorieren, war sein täglich Brot.
"Überlassen wir sie den Wölfen", rief Arnulf zu seinen ein Stück hinter ihm wartenden Männern. Sie drehten sich langsam um, und gingen gemächlich los. Ihnen war jedoch nicht wohl dabei.
Es konnten doch nicht alle so verbohrt sein, wie dieser Ustin!
Aber andererseits, schließlich hatten sie ihr Schicksal doch selbst gewählt!
Streuner gesellte sich wieder zu ihnen. Er hielt sich dicht an Arnulf, als wenn er Angst hatte.
"Das sind Verrückte, die ihr Leben für einen Traum hergeben würden", sagte Angus, der ein Stück entfernt mit dem Bogen in der Hand gewartet hatte. Er atmete auf, nachdem sie einigen Abstand zu den merkwürdigen Leuten gewonnen hatten.
"Ich denke nicht, dass alle die wir dort gesehen haben, ihr Leben für den Quatsch mit Azerbur geben würden. Es waren auch sicher

einige dabei, die einfach eine neue Heimat suchten. Das hoffe ich jedenfalls!"
"Na gut, dann müssen wir uns nur mit der Hälfte der Irren herumschlagen, während die Anderen so lange zuschauen, " erwiderte Angus pragmatisch.
"Hoffen wir nur, dass sie den alten Baum zufriedenlassen."
Sie machten sich langsam auf den Rückweg.

Zwei Reiter erwarteten sie am Schloss. Die beiden waren Soldaten der Grenzwarte.
"Leutnant Trömso erwartet Eure Befehle. Er weiß nicht, was er mit den Leuten anfangen soll!"
"Sind etwa noch mehr auf dem Weg?"
Die Reiter bejahten dies. Der Freiherr stöhnte auf.
"Sie sind den Grenzweg hochgekommen und behaupten hier in den Bergen eine neue Stadt errichten zu wollen", erklärte einer der beiden Reiter vorsichtig. Er duckte sich unter dem Blick des Freiherren.
Arnulf sandte ein Stoßgebet in den Himmel. "Aus welcher Richtung kamen sie?"
Die Soldaten sahen sich an.
"Aus Ylsten, glaube ich wenigstens", antwortete der Ranghöhere der beiden.
"Dein König hatte wohl einen bestimmten Plan, als er dir das Jagdschloss überließ", sagte Hansen hämisch hinter ihm und feixte.
"Ich glaube nicht, dass unser geliebter König so viel Weitsicht besitzt", knurrte Arnulf seinen alten Freund böse an. Manchmal war er schon eine wirkliche Nervensäge!
"Ich werde mich sofort auf den Weg machen", sagte er zu den Reitern.

Die Zeit, um seinen Wasserschlauch zu füllen, nahm er sich jedoch. Eilig steckte er sich etwas getrocknetes Fleisch ein.
"Wir könnten den jungen Hardtmut schicken, um den Anführer dort am Weißen Alten zu töten", meine der alte Fährtensucher. "Ehe der Kerl noch wirklichen Unfug mit dem Baum treibt."
Arnulf zog die Augenbrauen hoch. "Ist doch nicht dein Ernst! Dann irren hier hunderte von Menschen umher und werden bald von den Wölfen zerrissen und den Bären zerfleischt! Denkst du wirklich, ein Pfeil bringt alles wieder ins Lot?"
"Um meine alten Knochen machst du dir nicht so viele Sorgen", murrte Hansen theatralisch. "Und ich habe dir schon hundert Mal das Leben gerettet!"
Abwinkend ging er vor sich hin murmelnd in seine neue Behausung. Angus kam derweil mit zwei frischen Pferden heran.
Sie saßen auf und folgten den Soldaten zur Grenzwarte. Es begann langsam Abend zu werden.

Angus und Arnulf stiegen zwei Stunden später die Grellwand hinab und trafen sofort auf den ungeduldigen Kommandanten der Feste. Trömso zeigte besorgt auf den Grenzweg hinab. Dort herrschte ein unglaubliches Durcheinander. Fackeln wanderten in der Dunkelheit kreuz und quer. Pferde wieherten und Menschen riefen sich Flüche zu.
Arnulf verfolgte vom Turm der Grenzwarte aus eine Zeit lang das Treiben in Wartenheim. Wer hatte die Menschen hierher geschickt? Von allein sind sie doch nicht einfach so losgezogen.
"Wir lassen sie auf keinen Fall weiter!"
Der Leutnant sah das zwar ein, doch was konnte er tun? Er hatte nur die Besatzung der Grenzwarte zur Verfügung. Dass vom

Sonnenfeld schnell Unterstützung kommen wurde glaubte hier niemand.
"Ich kann sie ja kaum alle einkerkern!"
"Es ist mir egal wie du das machst! Sie dürfen nicht diesen Ustin, ihren Anführer, erreichen! Das würde demnächst Krieg am Grenzweg bedeuten! Es würde ein Gemetzel geben!"
"Was können wir schon tun", fragte Trömso resignierend. Er starrte besorgt zu den vielen Fackeln unten auf dem Grenzweg.
"Ich habe da eine Idee. Hole heute Nacht alle deine Männer in die Warte!"
Arnulf winkte Angus eilig zu sich.
"Wir müssen los!"
Der alte Tunnelkämpfer hatte gedacht, hier eine ruhige Nacht zu verbringen und murrte leise. Der Freiherr ignorierte das.
Sie stiegen an der Grellwand hoch und konnten sich sogleich davon überzeugen, dass noch mehr Menschen den Grenzweg herauf kamen. Sie hatten Lagerfeuer auf dem Weg entzündet und richteten sich für die Nacht ein.
"Das ist ja eine Invasion", sagte Angus leise. Arnulf nickte stumm.
"Aber wer hat das veranlasst? Dieser Ustin bestimmt nicht."
"Da will dir jemand richtig ans Leder!"
"Mich stört dieses Gerede von Azerbur. Nicht einer dieser Menschen dort unten dürfte ihn kennen!"
Tiefer im nächtlichen Wald stieg Arnulf vom Pferd. Er versuchte Streuner heran zu locken.
Angus zuckte zusammen, als der Wolfshund plötzlich neben ihn stand.
"Führe uns zu den Wölfen!"
"Ist das dein Ernst, Herr", fragte Angus. Ihm war nicht wohl bei dem Gedanken in der Finsternis des Waldes zu den Wölfen zu gehen.
Arnulf gab sich zwar gelassen, aber er war innerlich ebenfalls angespannt. Nicht aus Angst vor den Wölfen. Er hatte keine

Ahnung, wie diese auf die hereinströmenden Menschen reagieren würden.
Es war wohl klar, was passieren würde, wenn diese vielen Menschen hier im Wald versuchen würden Fuß zu fassen.
Jemand hatte einen gerissenen Plan ausgeheckt, um ihn und alles Althergebrachte zu vertreiben.
Auch wenn es am wahrscheinlichsten war, Hagenar schloss er aus. Der war noch mit seinem kürzlich erlittenen Rückschlag beschäftigt und würde auch kaum so schnell die vielen Menschen auftreiben können, um ihnen hier ein neue Heimat zu versprechen.

Das Wolfsrudel lagerte stumm auf einer Lichtung. Einige der Tiere standen auf und trotteten den beiden Männern entgegen.
Angus hätte fast aufgeschrien als sie seine Hände beschnupperten.
Der Leitwolf erhob sich betont langsam und sah dem Freiherren entgegen.
"Jetzt ist die Zeit gekommen, dass ihr eingreift", sagte Arnulf. Er hoffte, das Schattenfell diese Worte auch verstand.
"Sie werden mit Eisen kommen, um uns zu töten", bekam er zur Antwort. Diese Antwort hörte er aber nur in seinem Kopf, wie ihm ein Blick auf Angus bestätigte. Der Leitwolf knurrte böse, er hatte Vorbehalte.
"Sie werden keine Gelegenheit haben euch zu töten, denn sie werden euch nicht sehen", antwortete Arnulf zuversichtlich. "Sie kennen den Wald nicht, denn sie kommen aus dem Flachland!"
Angus sah den Freiherren fragend an, denn er hatte tatsächlich nur die halbe Unterhaltung gehört. Arnulf winkte jedoch ab.
Sie machten sich wieder auf den Rückweg.

# Wolfsmond

Die Nacht würde später nach dem verschleierten Mond "Wolfsmondnacht" benannt werden. Mit Schaudern würden die Menschen an den Lagerfeuern und in den Schenken zusammenrücken, wenn sie sich daran später erinnerten.
Leutnant Trömso würde später von dem schaurigen Geheul der Wölfe als die schlimmste Nacht seines Lebens sprechen.
Das ganze Rudel jaulte mit kurzen Pausen die Nacht über. Und wenn die Menschen glaubten es überstanden zu haben, antwortete eine anderes Rudel von der Grellwand herab.
Arnulf vernahm aus der Entfernung das dissonante Heulen und sah zufrieden aus. Angus sah ihn ängstlich an, blieb aber stumm. Hier wurden die Urängste der Menschen geweckt und der Freiherr lächelte zufrieden.
"Wie kannst du dich darüber freuen", tadelte Angus ihn endlich. Er war unruhig.
"Wieso, wir werden Morgen ein paar Dutzend Probleme weniger haben!"
Er sah den Freiherren bestürzt an, denn er vermutete das Schlimmste für die Männer oben im Wald.
"Ich beginne Angst vor dir zu haben!"
"Benimm dich nicht wie ein kleines Kind, das ist die Musik der Natur. Du kannst Angst haben, wenn du im Winter allein an deinem verlöschenden Feuer sitzt und rings dieses Geheul hörst. Dann weißt du, dass deine Knochen bald zwischen ihren Zähnen krachen werden!"
"Hör endlich auf", rief der Veteran entnervt. Diese Art von Humor, die der Freiherr gelegentlich durchscheinen ließ, war bestimmt nicht seine Sache.

Auch diese Nacht ging irgendwann zu Ende. Irgendwann waren die Wölfe verstummt und die Menschen fragten sich, ob sie bald wieder anfangen würden. Diesmal vielleicht etwas näher an ihren Hütten und Zelten.
Der Freiherr suchte die Grenzwarte auf und wurde von einigen übernächtigten Soldaten empfangen.
"Was ist bloß in die Wölfe gefahren", fragte ein Korporal den ehemaligen Fährtensucher.
"Ich schulde ihnen jetzt wohl einen Gefallen", erwiderte Arnulf geheimnisvoll und grinste. Der Korporal sah ihn verständnislos an und führte seinen Finger gegen die Stirn, als der Freiherr ein Stück weiter gegangen war.
Er begab sich sogleich auf den Turm der Warte und sah schon einige Wagen in Richtung Ylsten davon rollen.
Eine Abordnung der Neuankömmlinge hatte das Tor der Grenzwarte erreicht und verlangte Einlass. Leutnant Trömso machte ein bekümmertes Gesicht, als er zu den Leuten ging. Er sah müde und zerschlagen aus.
"Das sind Wahnsinnige, wie soll man mit denen reden?"
Einige entschlossen aussehende Männer wurden hinter das Tor gelassen. Die murrende Meute musste draußen bleiben. Armbrustschützen bemannten die Mauern. Sie ließen keinen Zweifel aufkommen, ob sie auch ihre Pfeile abschießen würden.
"Warum bekommen wir keinen Schutz vor den Bestien der Nacht", fragte der Anführer zornig. "Sie hätten uns zerfleischen können und ihr hättet nur zugesehen?"
"Euch ist doch nichts passiert, was wollte ihr", erwiderte der Leutnant am Tor erstaunlich kaltblütig.

"Ihr befindet euch hier in Bergisch-Bachland. Bei uns dürfen die Wölfe nachts heulen, wenn ihnen danach ist!"
Einige Männer wollten die Fäuste gegen den Leutnant erheben. Sie unterließen es jedoch, denn einige Bogen wurden hinter ihm gespannt und auf sie gerichtet.
"Das wird sich bald ändern", sagte eine schmaler Mann mit der Miene eines Märtyrers.
"Hier wird eine neue, moderne Zeit anbrechen und die Wölfe werden bald nicht mehr heulen! Es wird sie einfach nicht mehr geben!"
"Wer sagt das", fragte der Offizier streng in die Gruppe.
"Unser Anführer Ustin wurde erleuchtet. Der große Zauberer Azerbur hat ihm die Zukunft gezeigt!"
Arnulf drängt sich vor.
"Euer Zauberer Azerbur wurde vor einiger Zeit vor meinen Augen getötet und ihr verschwendet eure Zeit mit einem Hirngespinst! Ich war schließlich dabei!"
"Du lästerst unseren Anführer. Dafür werden wir dich am Ende richten!"
Der Mann trat drohend auf den Freiherren zu. Angus trat schnell vor und schlug den Mann mit dem Schwertknauf nieder.
Der Freiherr sah dem ungerührt zu, dann wandte er sich an die anderen Männer.
"Ich gehe davon aus, dass einige von euch ein ehrliches Handwerk betreiben und sich ein neues Leben aufbauen wollen. Das soll mir Recht sein! Ich werde mir jeden Mann ansehen, der gewillt ist sein Leben hier mit ehrlicher Arbeit zu bestreiten, das verspreche ich euch. Das wird in jedem Fall einzeln untersucht und ich werde entscheiden wer bleiben kann. Aber ich werde keine Unruhestifter hier dulden! Diese Männer haben jetzt noch die Möglichkeit dahin

zurückzukehren, wo sie hergekommen sind! Sie sollten diese Möglichkeit nutzen, bevor es zu spät ist!"
Die Männer der Abordnung funkelten ihn wütend an.
"Was bildest du dir ein? Wir reißen diese Mauern ein, bevor der Abend heran ist. Du aufgeblasener Wicht bist ein Relikt aus vergangen Zeiten!"
Angus hatte den Mann bereits zu Fall gebracht und das Messer an seinem Hals. Der Mann rief um Hilfe. Vor dem Tor kam Unruhe auf. Mehr aus Versehen starb dieser Mann, weil Angus als Kämpfer reagierte. Betroffen sah er seinen Herren an. Das Murren vor dem Tor wurde lauter.
Arnulf zuckte zusammen. Ein bekanntes Geräusch über seinem Kopf ließ ihn nach oben schauen. Ein Pfeilhagel senkte sich jetzt der Erde vor dem Tor entgegen. Die Menschen dort schrien auf und sie versuchten zu fliehen.
Die Soldaten der Grenzwarte sahen sich alarmiert an.
Es konnten nur die Bergelfen gewesen sein! Auf der Grellwand stand nur ein Dutzend Männer Wache, wer konnte sagen, was aus ihnen geworden war? Wenn die Elfen ihm auf diese Weise helfen wollten, war das eine unglückliche Entscheidung!
Schreie waren vor dem Tor zu hören. Menschen rannten in Panik hinunter zum Grenzweg. Sie versuchten in den Häusern von Wartenheim Schutz zu suchen. Doch die Bewohner ließen sie nicht ein.
"Wir werden wiederkommen, mit einer Armee von Gläubigen", rief eine hysterische Stimme vor dem Tor.
Trömso sah den Freiherren verzweifelt an.
"Was können wir gegen diese Verrückten tun?"
"Erst mal müssen wir begreifen, dass sie uns aus unserem Land vertreiben wollen", antwortete Arnulf zornig. "Sie wollen unsere Vergangenheit verbrennen. Sie wollen uns fortjagen!"

"Azerbur will sich rächen an uns, noch aus dem Jenseits" erklärte Angus unsicher. Er schien aber selbst nicht davon überzeugt zu sein.
"Das müssen wir noch herausfinden! Ich kann mir nicht vorstellen, dass ER ihn schon wieder hat entkommen lassen!" Arnulf warf einen finsteren Blick zum Grenzweg.
Mit ER meinte er den Tod, dem er seine weiße Haarsträhne verdankte.
"Wer könnte ansonsten der Kopf dahinter sein?"
"Wenn ich das wüsste", sagte Arnulf. "Auf jeden Fall ein sehr gefährlicher Mensch! Wir müssen den Weg von Ustin`s Leuten zurückverfolgen, um ihn zu finden. Doch leider haben wir im Augenblick überhaupt keine Zeit dazu!"
Arnulf mischte sich etwas später unter die Leute auf dem Grenzweg. Es gab einige, deren Sprache er nicht verstand, aber im Allgemeinen mussten sie aus der Ebene von Ylsten oder vielleicht von der Küste des Gelben Meeres kommen. Deshalb waren sie auch so entsetzt über die Wölfe. Dort waren sie schon fast ausgerottet.
Arnulf streute Gerüchte unter die Leute, das der Freiherr dort oben in seinem Schloss gute Handwerker suchte. Das machte überraschend schnell die Runde. Schon in dieser Nacht trennten sich die Leute schon in jene, die sich eine neue Existenz aufbauen wollten und die religiösen Eiferer, die eine neue Welt hier in den Bergen erschaffen wollten.
Er entschied zum Schloss zurückzukehren, um dort eine Verteidigung zu Organisieren. Trömso wurde hier schon allein mit den Problemen fertig. Er hatte ja eine dicke Mauer und genügend Soldaten.
Der Leutnant war natürlich nicht sehr erfreut, diesen Verrückten allein gegenüber stehen zu müssen.

"Du hast hier solide Mauern", tröstete Arnulf ihn. "Oben haben wir nur einen halb zerfallenen Zaun gegen diese Leute!"
"Ihr wollt mir hoffentlich nicht noch Leute abziehen?"
Als Arnulf verneinte atmete der Leutnant auf.
"Aber achtet auf Zeichen am Himmel. Vielleicht brauche ich bald eure Hilfe!"
Trömso nickte betrübt. "Die meisten der Leute da unten wissen gar nicht, warum sie hier sind", stellte der Leutnant fest.
"Jemand muss ihnen versprochen haben, hier Land nehmen zu können. Den sollten wir finden!"
Der Freiherr richtete sich auf.
"Jemand vermutet, dass wir schwach sind! Den gilt es zu finden! Aber eines nach dem anderen."
Trömso nickte zustimmend.
"Du wirst alles tun, um diese Leute hier zu behalten", befahl Arnulf und machte sich sogleich auf den Weg. Er hatte es eilig, denn er wusste nicht, wie dieser Ustin sich entschieden hatte. Würde er tatsächlich so dumm sein und den Alten fällen? Aber vorher musste er zum Jagdschloss, um nach dem Rechten zu sehen.

## Zurück im Schloss

Arnulf war bei seiner Ankunft im Schloss wegen der dort auf dem Hof angebundenen Pferde alarmiert. Es waren Pferde mit einfachem Zaumzeug, reiche Leute schieden also gleich aus.
Wer war in seiner Abwesenheit hier angekommen?
Zu allem bereit stürmte er durch die Tür des Vorraums.
Er hörte leise Stimmen aus dem Zimmer, das einmal der Empfangssaal für Gäste werden sollte. Das Schwert in der Hand riss er die Tür auf. Seine Frau sprang erschrocken auf.

"Darf ich den Freiherren von Bergisch -Bachland vorstellen", sagte die Freifrau sogleich wieder gefasst zu ihrem Gast.
"Wir kennen uns bereits", entgegnete Arnulf schroff. Ustin stand langsam auf, nicht sicher, wie er sich dem Hausherren gegenüber verhalten sollte. Er hatte eine beeindruckende Größe, doch das zählte nichts in Arnulfs Haus.
"Dieser Mann hat vor, den Weißen Alten zu fällen, oben hinter den Weißen Fällen", rief Arnulf und sein Finger wies anklagend auf Ustin. Der richtete sich stolz zu seiner vollen Größe auf.
"Und ich werde es auch tun, euer Aberglaube ist mir völlig egal. Das Neue wird auf der Asche des Alten entstehen! Und ihr rückwärtsgewandten, kleinherzigen Menschen werdet das nicht aufhalten können!"
Die Hausherrin war aufgesprungen. "Arnulf, was erzählt dieser Mann da?"
"Oh, Azerbur hat ihn angeblich auserwählt und etwas von einer neuen Welt geflüstert. Aber der Mann hier versteht nicht, dass der Zauberer selbst der Vergangenheit angehört! Er kann einfach nur Rache wollen, für das was ich ihm angetan habe!"
Ustin war drohend an den Freiherren herangetreten.
"Du wirst nicht den Zauberer lästern, der schon alle Zeitalter gesehen hat! Ich bin die Hand, die alle Zweifler zerschmettern wird! Einer davon wirst du sein, kleiner Freiherr!"
Arnulf schlug blitzschnell mit der flachen Klinge seines Schwertes in die Kniekehle des Mannes. Mit einem Aufschrei der Überraschung fiel er auf die Knie und konnte nicht gleich wieder aufstehen. Der Schmerz hielt ihn am Boden zurück.
Arnulf stellte sich vor ihn. Er richtete seine Waffe auf den Hals dieses Mannes.
"In dieser Höhe lässt es sich viel besser diskutieren mit dir, findest du nicht auch?"

"Das wirst du büßen, hinter mir stehen tausende von neuen Menschen!"
"Du redest Unsinn, es sind immer die gleichen Menschen. Sie wollen schon seit Äonen immer das gleiche! Ein ruhiges Leben, in dem sie einigermaßen über die Runden kommen! Und genau das wollen auch die Menschen, die hier in den Bergen wohnen. Sie wollen auch manchmal dem Rat des Alten Weißen lauschen. Denn er ist der Zeuge der Zeit, die hier vergangen ist, nicht dein Azerbur der Mal hier und mal da versucht die Macht an sich zu reißen. Dazu braucht er genau solche Kerle wie dich. Und weißt du was, am Ende sterben sie dann - immer! Denn sie sind nur auf sein Geflüster hereingefallen. Und er wird sich danach wieder jemand anders suchen."
Mühsam richtete sich Ustin auf.
"Du bist hier der verdammte Lügner. Denn deinesgleichen werden in irgendwelchen verstaubten Büchern von alten Chronisten als Randbemerkung auftauchen, mehr nicht. Ich werde Geschichte schreiben und nicht du!"
"Du verlässt jetzt mein Haus und wenn ich dich hier morgen Abend noch irgendwo sehe, wirst du hängen!" Arnulf deutete mit seinem Schwert in Richtung Tür. "Ich glaube aber nicht, dass ich damit Geschichte schreiben werde!"
Ustin humpelte zur Tür hinaus auf den Innenhof. Die Wache öffnete auf Arnulfs Anweisung das Tor einen Spalt, der Anführer der neuen Menschen verschwand ohne ein weiteres Wort im Wald.
Arnulf sah seine Frau streng an.
"Wieso hast du ihn in unser Haus gelassen", fuhr er sie ungehalten an.
"Er hat gesagt, er sei der neue Nachbar!" Sie sah ihn zweifelnd an.
"Das ist er wohl nicht?"
"Nicht, wenn ich es verhindern kann!"

Er würde einen Kampf vorbereiten müssen.
Ein Bote wurde zur Grenzwarte geschickt. Trömso musste ein Dutzend Männer schicken. Sie mussten notfalls die ganze Bande festnehmen. Auf Hilfe vom König konnte er nicht zählen. Bis die Nachricht zum Sonnenfeld vorgedrungen war, war es schon zu spät. Diese Kerle durften sich hier auf keinen Fall festsetzen!

Ein Holzfäller stand vor Arnulf. Der Freiherr runzelte die Stirn. Er kannte diesen Mann flüchtig.
"Schickt dich der König?"
Der Mann verneinte, er wohnte an einem der neuen Postwege und war an dem heiligen Baum, vorbeigekommen. Er hatte dort Geräusche gehört und hatte nachgesehen, was dort gerade geschah.
"Du musst etwas tun, sie bauen eine Palisade um den Alten. Ein befestigtes Lager, du verstehst mich doch!"
Alarmiert drehte sich Arnulf um und ging hinaus auf den Hof. Dort rief er eilig einige Männer zusammen.
Dann wendete er sich seinem Besucher wieder zu.
"Geh zur Grenzwarte und lass den jungen Hartmudt herkommen, so schnell es geht!"
"Du meinst den Bogenschützen?"
Arnulf nickte und schickte den Fährtensucher mit einer barschen Bewegung los. Er winkte Angus und Rupert zu sich. Sie schnallten sich ihre Schwerter um und versorgten sich mit etwas Proviant. Arnulf hängte sich seinen Bogen um und warf sich zwei Pfeilköcher über die Schulter. Die Langmesser wurden an ihren Platz gesteckt und sie eilten im schnellen Schritt los. Es war keine Zeit zu verlieren. Sie erhöhten ihr Tempo zu einem leichten Laufschritt im Wald.

Hansen hatte den Auftrag, das Schloss so lange es ging zu verteidigen. Bekümmert stöhnte er über diese Aufgabe. Er wollte hier endlich seine Ruhe finden, doch das blieb ihm wohl verwehrt. Das war eine Aufgabe, für die er sich zu alt fühlte. Diesen Einwand ließ der Freiherr jetzt aber nicht gelten.

Sie brauchten nur wenig mehr als drei Stunden, um ihr Ziel zu erreichen. Der Tag neigte sich dem Ende entgegen.
Sie hörten schon, nachdem sie den Weißen Fall hinter sich gelassen hatten und das Donnern der Wassermassen verklungen war, durch die Bäume Rufe durch den Wald hallen. Etwas war dort vor ihnen im Gange.
Sie wurden langsamer. Vorsichtig näherten sie sich dem Gebiet um den alten heiligen Baum. Noch einige Schritte weiter drang alarmierender Brandgeruch zu ihnen. Dicke Schwaden von schlecht brennendem, feuchtem Holz hingen zwischen den Wipfeln und verdunkelten den Wald zusätzlich.
Arnulf stolperte über eine Leiche, die nur zu Ustin`s Leuten gehört haben konnte. Jemand dezimierte die Menschen dort um dem Baum herum.
Rupert stieß ihn an und wies mit dem Schwert in der Hand in den Wald. Schatten schienen dort zu tanzen. Man konnte sie aber nur sehen, wenn man sich sehr anstrengte.
"Die Bergelfen sind hier", flüsterte er zu seinen Begleitern. Es war nicht ratsam sich in ihren Angriff einzumischen. Sie waren Menschen generell nicht freundlich gesinnt und machten in Situationen wie diesen wohl keine Unterschiede.
Sie wussten sofort, dass die selbsternannten Neuen Menschen, keine Chance gegen die Bergelfen hatten.
Hinter ihnen knurrte etwas nachdrücklich.

Langsam drehten sich die Männer um. Einige stattliche Wölfe standen drohend dort. Sie schienen bereit zum Sprung. Arnulf verfluchte innerlich diesen Tag.
Die Tiere blieben reglos stehen. Jedes Augenzwinkern hatte einen Angriff auslösen können, so befürchtete jedenfalls der Freiherr. Einige Minuten später wandten sich die Tiere unerwartet ab und verschwanden im Wald.
Angus erlaubte sich aufzuatmen. Hinter ihnen waren die Kampfgeräusche nun verstummt. Rufe in der Elfensprache hallten zwischen den Bäumen.
Arnulf winkte seinen Männern und sie bewegten sich langsam vorwärts. Bald erreichten sie den Ort der Auseinandersetzung. Von den Bergelfen war schon nichts mehr zu sehen. Es blieb nur der Geruch von angebrannten feuchten Holz, der zwischen den Bäumen hing.
Ein Teil der provisorischen Holzpalisade lag umgestoßen auf dem Boden.
Sie konnten ein gutes Dutzend toter Männer zählen. Die Elfen hatten sicherlich keine Gefangenen gemacht.
Arnulf sah sich die Leichen an. Der Anführer Ustin war nicht dabei. Das war aus seiner Sicht zu bedauern, denn nun wurde das Spiel in die nächsten Runde gehen. Ustin war gewiss nicht der Mann, der so schnell aufgab, denn er glaubte eine Mission zu haben.

## Die Elfenhexe

Sie wollten gerade ein paar Fackeln entzünden, als sie erschrocken innehielten.
"Wo ist nun deine Streitmacht, Freiherr", fragte eine Stimme mit dem typischen elfischen Singsang hinter ihnen. Arnulf kannte die Stimme sehr genau.

Es war natürlich Jildhrell, die Hexe der Bergelfen.
Sie sah die Männer mit kaltem Augen an. Arnulfs Mitstreiter verkrochen sich unter ihrem Blick hinter seinem Rücken.
Die Hexe war zweifellos sehr gefährlich. Arnulf hatte sie schon in Aktion gesehen und konnte das ziemlich gut einschätzen. Seine Erfahrungen mit ihr waren eher unerfreulich.
"Ich wollte mit diesen Verwirrten erst reden", antwortete er.
Jildhrell sah ihn scharf an.
"Menschen müssen immer nur reden. Sie haben versucht Feuer an unseren heiligen Baum zu legen! Was hätte da dein Reden wohl geholfen? Wäre das Feuer davon erloschen? Es ließ sich nur mit dem Blut der Frevler löschen!"
Was sollte er darauf antworten?
"Du solltet sie nicht zu lange gewähren lassen! Irgendwann reicht eure Kraft nicht aus, sie zu vertreiben. Wir werden euch gewiss nicht immer retten!"
Sie verschwand einfach so vor ihren Augen, aber nicht ohne mit ihren Fingern über Arnulfs Gesicht zu fahren. Ein leicht blutender Kratzer blieb zurück.
Sie hatte scharfe, gefährliche Nägel. Es sollte wohl eine deutliche Mahnung sein, oder auch eine Erinnerung.
Seine Begleiter sahen ihn entsetzt an. Sie lauschten mit angehaltenem Atem in den Abend, es war jedoch nur das Rauschen des Windes in den Wipfeln zu hören. Kein Vogel ließ seinen abendlichen Gesang erklingen. Einige Funken stoben noch aus dem erlöschenden Feuer.
"Sie ist mehr als gefährlich", erklärte er seinen Begleitern.
"Du musst das abwischen", sagte Angus. Er reichte ihm sein Halstuch.
Der Freiherr winkte ab.

"Sie hat sich dabei etwas gedacht, vermute ich. Es wird ein Zeichen sein, für wen auch immer!"
Seine Wange begann gleich darauf zu brennen. Doch er ignorierte dies.
Sie sahen sich nun um. Rupert hatte eine vergessene Fackel gedankenverloren aufgehoben. Sie waren sehr provisorisch gemacht, ein getränkter Lappen um einen Ast gewickelt. Dieses Stück Land sollte scheinbar aus einer Laune heraus gerodet werden. Daran konnte Arnulf jedoch nicht glauben. Ustin hatte sicherlich einen Plan hier in den Bergen gehabt, ob das sein eigener Plan gewesen war stand auf einem anderen Blatt.
Teile einer provisorischen Palisade lagen im Gras umher. Werkzeug lag überall auf dem Boden verstreut.
Die Männer hatten sich mit allem, was sie zur Hand hatten verteidigt. Der Erfolg war ihnen jedoch versagt geblieben. Ein Kampf mit den Bergelfen am Abend konnte man nur selbstmörderisch nennen.
Sie verfolgten die Spuren der wenigen Flüchtenden durch den Wald. Es ging eine Weile bergab, bis sie auf einen breiteren Weg trafen. Er würde später auf den Grenzweg führen.
Langsam folgten sie diesem Weg. Sie fanden noch zwei Männer die auf der Flucht vor den Elfen ihren Wunden erlegen waren.
Es hatte niemand Anstalten gemacht, sie zur Ruhe zu betten. Sie würden als Fressen für die Tiere der Nacht enden. Aber die drei hatten keine Zeit dagegen etwas zu tun.
Eine halbe Stunde später hörten sie vor sich Stimmen. Sie klangen ärgerlich und anklagend.
Arnulf wurde langsamer. Er wollte sich vorerst nicht zu erkennen geben. Ihn interessierte das Ziel der Männer. Aus den Augenwinkeln sah er Schatten neben ihnen irgendwo hinter den Bäumen und Sträuchern. Die Wölfe begleiteten sie also. Das würde

eine schlimme Nacht für die überlebenden Männer werden. Es war fraglich, ob sie die neue Zeit, die sie einläuten wollten erleben würden.
Sie stießen auf eine weitere Leiche, die einfach auf dem Weg liegen gelassen worden war. Der Mann war ebenfalls seinen Verletzungen erlegen. Es war anzunehmen, dass die Anzahl der Anhänger Ustin`s deutlich abgenommen hatte.
Doch einen Mann wie Ustin würde das nicht von seinem Ziel abbringen.
Schließlich waren sie in Sichtweite. Auf dem Weg vor ihnen war nur noch ein versprengtes Häuflein seiner Getreuen mit Fackeln in den Händen zu sehen. Einige redeten auf den Anführer ein, der reagierte aber überhaupt nicht auf sie. Stur marschierte er weiter.
Sie schwenken dann auf den Grenzweg ein und bewegten sich der Warte entgegen. Dort hoffte er wahrscheinlich seine Mannschaft auffrischen zu können.
Einige Reiter von der Grenzwarte hielten sie jedoch auf. Der Trupp wollte die Männer hier festhalten.
Ustin zerrte einen Reiter grob vom Pferd. Schwerter wurden gezogen.
Der Freiherr gab sich zu erkennen und trat dazwischen.
Arnulfs Männer trennten Ustin`s Trupp auf. Sie drängten sie von ihrem Anführer fort.
Ustin wollte die Situation nutzen und sich des Pferdes bemächtigen. Schnell saß er im Sattel, doch der Freiherr stellte sich ihm in den Weg.
"Du kommst sofort von diesem Pferd herunter", sagte er nicht sonderlich laut, aber nachdrücklich zu dem großen Mann.
Ustin hielt inne und drehte sich langsam um.

"Der verhinderte König des Landes", rief er mit Ingrimm und Verachtung. Man sah ihm an, dass er sich am liebsten auf den Freiherren gestürzt hätte.
Arnulf zielte mit einer Armbrust auf ihm. Langsam stieg der Anführer der neuen Menschen wieder vom Pferd. Er sah wütend aus.
"Ich hab dir doch gesagt, dass dies nicht der Ort für dein neues Reich sein wird", zischte Arnulf ihn an, ohne die Armbrust zu senken.
Der große Mann sah verächtlich auf ihn herab. "Du kannst ja nicht mal dein Reich verteidigen, das müssen Wesen aus einer versunkenen Welt und Tiere für dich erledigen! Du bist wirklich ein ganz großer Herrscher!"
Er spuckte voller Verachtung vor Arnulfs Füße.
Angus machte sich derweil daran, Ustin zu fesseln. Der wehrte sich nur halbherzig dagegen.
"Euch gebe ich jetzt die Gelegenheit hier zu verschwinden", sagte der Freiherr sich zu Ustin`s Begleitern umdrehend. Drei, vier Männer nahmen das Angebot sofort wahr. Ustin wollte ihnen etwas hinterherrufen, doch Angus rammte ihn seinen Ellenbogen in die Magengrube. Der Gefangene keuchte vor Schmerz.
Die übrigen seiner Anhänger wandten sich langsam ab und machten sich zögerlich auf den Weg nach Ylstenbyrg. Nicht einer drehte sich nach Ustin um, als er ihnen hinterherrief, das sie Feiglinge seien und nicht würdig für die neue Zeit waren. Niemand hatte auch nur einen Blick für ihn übrig.
Stumm sah der große Mann ihnen hinterher. Es schien in ihm zu brodeln. Doch was konnte er in dieser Situation schon tun?
"Wir nehmen ihn mit zur Grenzwarte", sagte Arnulf zu Trömsos Reitern.

Ustin wurde gut verschnürt auf ein Pferd gebunden. Die Reiter gaben ihren Pferden die Sporen und sie liefen los.
Eine Stunde später erreichten sie die Warte. Es waren nur noch wenige der Siedler hier. Sie sahen überrascht auf ihren gefangenen Anführer. Trotzig blickte er an ihnen vorbei.
Bewaffnete von der Grenzwarte mit Fackeln in den Händen kamen ihnen entgegen, als sie Wartenheim erreicht hatten. Sie übernahmen den Gefangenen.
Er sollte ins Verließ gebracht werden.
Leutnant Trömso war ehrlich erfreut seinen Befehlshaber zu sehen. Arnulf setzte ihn erst einmal ins Bild, was oben am heiligen Baum geschehen war.
"Die Elfen und die Wölfe haben sie bezwungen? Ist das gut für uns", fragte er zweifelnd.
"Ich glaube, wir stellen für sie das kleinere Übel dar", erwiderte Arnulf zuversichtlich. Der Leutnant war da nicht so überzeugt.
Arnulf wollte wissen. ob sich einige Handwerker gefunden hatten, die sich hier ihren Lebensunterhalt verdienen wollten.
"Einige", brummte Trömso vage, er hatte durch seine Männer die Fremden fragen lassen.
Er verstand jedoch nicht, warum das dem Freiherren so wichtig war.
Arnulf ging mit Angus und Rupert zum Dorf hinunter. Seinen Begleitern war nicht ganz wohl dabei. Sie waren nur zu Dritt. Es versammelte sich schnell eine Gruppe Männer um den Freiherren, als er sein Angebot noch einmal öffentlich machte.
"Ich bin Töpfer, Herr", rief der Erste, ein schmaler Mann. "Wir töpfern in der dritten Generation!"
"Zeig mir etwas von deinen Arbeiten!"
"Ich bin Bootsbauer", rief Jemand dazwischen.

"Boote brauchen wir hier weniger", erwiderte Arnulf ernst. "Aber du wirst wohl mit Holz umgehen können?"
Derweil stritten sich zwei Männer im Hintergrund. Sie stellten sich beide als Schmiede heraus. Er beruhigte die beiden.
"Wir haben sehr viel Arbeit im Augenblick. Ich denke ich kann zwei von euch beschäftigen."
Die beiden sahen nicht zufrieden aus. Sie starrten sich gegenseitig böse an.
"Ich werde mir eure Arbeiten genau ansehen, da könnt ihr sicher sein! Es wird genug für zwei Schmiede geben, keine Angst."
Ein beleibter Herr schob sich durch die Menge.
Er sah auf den Freiherren und zauberte einen Laib Brot hinter seinem Rücken hervor.
"Besseres werdet ihr nirgends finden, Herr! Kostet und ihr werdet verstehen!"
Arnulf lehnte dankend ab.
"Ich glaube mit Sicherheit sagen zu können, dass wir einen Bäcker dringend brauchen. Ihr habt für den Anfang alle Zelte dabei, nehme ich an?"
Die meisten bejahten dies.
"Eure Häuser und Werkstätten müsst ihr euch schon selbst bauen! Ich werde jeden willkommen heißen, der in der Lage ist, sein Leben allein zu bestreiten. Wichtig ist nur für euch, hier gelten meine Regeln! Wer dagegen verstößt, wird sich wünschen diese Berge nie gesehen zu haben!"
Stumm sahen die Umstehenden den Freiherren an.
Da Arnulf noch sehen wollte, wie Ustin untergebracht war, legte er den Aufbruch zum Schloss auf den nächsten Morgen fest.
Er hatte zwar keine Feindseligkeiten gespürt, doch er würde seine neuen Handwerker genau im Auge behalten. Er hatte schließlich keine Ahnung, wie sehr sie sich Ustin verbunden fühlten.

Er stieg hoch zur Grenzwarte. Dort wurde er schon am Tor in Empfang genommen.
Der Leutnant führte den Freiherren ins Kellerverlies. Es roch hier feucht. An einigen Stellen rann ein schmales Rinnsal aus dem Fels. Hier unten würde niemand lange überleben. Mit furchtbaren Kreischen und Quietschen der Türangeln öffnete der Wächter die kleine schmale Tür zum Verlies.
Ustin war in Ketten gelegt und hing mehr oder weniger an der Wand. Er sah furchtbar aus.
Er sah den Freiherren mit anklagendem, müden Blick an.
"Ich sehe dich hier gut aufgehoben", sagte der Freiherr zu dem Gefangenen. Er empfand keinerlei Mitleid für ihn.
"Noch fühlst du dich als Herr über dein Leben. Aber ich werde es dir zur Hölle machen, wenn ich hier raus bin!"
Der Wächter wollte ihn mit einem Knüppel schlagen. Arnulf hielt ihn zurück.
"Lass ihn. Er muss erst seine Lage überdenken, vielleicht überkommt ihn ja die Erkenntnis, dass man nicht einfach in fremde Länder marschiert und behauptet es sei nun alles seins!"
Ustin lachte verächtlich und spuckte vor dem Freiherren aus.
"Kleiner Mann, versteh es doch endlich, deine Tage sind gezählt! So wie die von euch allen!"
Nun durfte der Wächter doch seinem Gelüst freien Lauf lassen. Ustin stöhnte unter den Schlägen.
"Erzähl uns mehr", forderte Arnulf nach einer Weile. Er wollte wissen, was der Gefangene meinte.
"Du hast dir viele Feinde gemacht, Freiherr", rief der Gefangene und spuckte Blut auf Arnulfs Stiefel. "Sie werden dich zur Strecke bringen, glaub es mir! Beim nächsten Mal werden ihre Söldner kommen!"
"Wer wird sie schicken?"

Er antwortete darauf nur mit einem hämischen Lachen. Aus ihm würden sie vorerst nichts herausbekommen. Arnulf glaubte auch nicht, dass es ernst war, was Ustin von sich gegeben hatte. Er wollte ihm nur Angst einjagen.

Niemand stand hinter ihm. Er war die Puppe die am Seil tanzte!

Sie schlossen das Verlies und überließen Ustin der Dunkelheit.

"Er wird dir Probleme machen, geh niemals allein zu ihm hinein! Er wird dich umbringen sobald er kann!"

Arnulf sah den Wachmann mahnend an. Der Soldat nickte verstehend.

"Wie lang wird er unser Gast sein", fragte der Leutnant kurz darauf draußen auf dem Hof. Der Nachthimmel war von unzähligen Sternen übersät, als er kurz hoch sah.

"Ich werde bald über sein Schicksal entscheiden", antwortete Arnulf. "Er wird vielleicht Helfer haben, die ihn befreien wollen, seit also auf der Hut!"

Trömso nickte verstehend und sah dem Freiherren hinterher.

Arnulf verabschiedete sich sogleich. Er hatte kein gutes Gefühl beim Verlassen der Grenzwarte. Der Freiherr wurde jedoch von einer plötzlichen Unruhe erfasst und glaubte schnell zum Jagdschloss zurückkehren zu müssen.

Eilig ritt er mit seinen Begleitern den Grenzweg entlang. Dabei trafen sie nur auf wenige Menschen. Ein verspäteter Händler, einen Fallensteller.

Sie allen grüßten den Freiherren als er vorüberritt.

Die Reiter atmeten aber erst auf, als das Tor zum Schloss hinter ihnen verriegelt wurde.

Die Freifrau Antje begrüßte die Ankommenden erfreut. Denn sie fühlte sich allein nicht sicher nach den nächtlichen Ereignissen. Auch Hansen sah man an, dass ihm eine Last von der Schulter genommen wurde.
"Es folgen uns einige Handwerker bald nach. Du wirst sie dir genau ansehen!"
Hansen knurrte etwas undeutliches, doch Arnulf achtete nicht darauf. Hansen hatte ohnehin immer an allem etwas auszusetzen. Er sah sich auf dem Hof um. Es herrschte eine erschöpfte Ruhe. Baumaterial lag überall bereit, um eventuelle Breschen zu verrammeln.
Die Torwachen sahen aufmerksam zu dem Freiherren hinüber. Die Freifrau trieb indessen die Köchin und ihre Helfer an, um ein schnelles Mahl für die Heimkehrer zu bereiten.
Doch der Freiherr zog sich zurück. Er war im Augenblick für alles zu müde.
Er bestieg endlich wieder seinen Turm und spähte in alle Richtungen in die Dunkelheit. Er konnte nur unten am Kreuzweg einige flackernde Lichter erkennen. Der Freiherr konnte nicht glauben, dass alles so einfach vorbei war. Im Gegenteil, er war ganz sicher, dass die letzten Ereignisse nur das Vorspiel zum eigentlichen Drama waren! Es fehlte immer noch der Hauptakteur in diesem Stück! Erst mit dessen Auftreten würden sich die Rätsel lösen! Irgendjemand musste schließlich Ustin genau auf dieses Stück Bergland angesetzt haben. Dabei wären doch aus seiner Sicht die andere Seite der Berge und das Sonnenfeld viel interessanter! Erst kamen hunderte Menschen um sich Land zu nehmen und bei dem ersten Rückschlag zogen sie alle weiter? Wo war der Kopf des Unternehmens im Augenblick? Welche Pläne schmiedete er nach dem Rückschlag?

Es ging doch niemals wirklich um den Baum, dem Sinnbild der hier lebenden Menschen und Elfen und auch der Tiere? Das kam ihm unwahrscheinlich vor.
Es ging auch nicht nur um den Besitz dieses Stückes von Bergisch-Bachland, das ihm der König zugesprochen hatte! Azerbur war mit Sicherheit nicht zurückgekehrt.
Jemand versteckte sich hinter diesem Namen. Der heilige Baum war nur ein Symbol für die Eindringlinge. Wenn sie ihn besaßen, hatten sie das ganze Land in ihrer Hand, so glaubten sie jedenfalls.
Seine Schwester würde ihm vielleicht einen Hinweis geben können. Doch sie hielt sich heute bedeckt. Obwohl er intensiv an sie dachte, ließ sie sich nicht blicken. Was konnte dahinter stecken? Hatte sie selbst Probleme, die den gleichen Hintergrund hatten?

# Die Flucht

Am nächsten Morgen wurde er von einem Boten geweckt.
Der Reiter wurde in die Küche gebracht und sollte dort warten.
Wenn Trömso ihn zu dieser Zeit eine Nachricht schickte, musste es etwas wichtiges sein, keine Frage.
Arnulf zog sich jedoch extra langsam an. Er wollte seine Ruhe erst wiederfinden, bevor er vor den Boten trat. Langsam ging er die knarrende Treppe hinab.
Der Bote sprang von seinem Schemel hoch, als der Freiherr die Küche betrat. Arnulf bemerkte, dass er von der Küchenmagd schon gut versorgt worden war. Sie hatte ihn mit ein paar Leckerbissen gespickt und dann ausgequetscht. Er könnte jetzt ebenso gut sie fragen, was es dringliches gab.
Darüber musste man einmal mit dem Personal sprechen. Aber alles zu seiner Zeit.

Der Reiter folgte ihm in einen kleinen Raum, der immerhin ein Feuer im Kamin hatte und einen Tisch am Fenster.
Er setzte sich neben den Kamin, dem Boten gegenüber. Es war ein junger Mann, der etwas verschreckt und unausgeschlafen aussah. Er wusste nicht, ob er den Stuhl neben ihm nutzen sollte und blieb dann stehen
"Nun, welche Nachricht sollst du von Trömso mir überbringen?" Der Herr des Schlosses sah den Kurier aufmerksam an.
Der Bote schluckte aufgeregt und schien nach den richtigen Worten zu suchen.
"Er ist heute Nacht verschwunden, es gab dabei einen Toten!"
Arnulf brauchte nicht lange zu überlegen, wer dort geflüchtet war.
"Niemand hat etwas Auffälliges gesehen oder gehört?" Der Mann schüttelte den Kopf.
"Sind die Fährtensucher schon unterwegs?"
"Der Leutnant wollte warten, bis Ihr zu ihm gestoßen seid."
Das hieß wohl, er musste unverzüglich aufbrechen!
Arnulf war im Augenblick etwas unzufrieden mit dem Kommandanten der Grenzwarte. Er hätte gleich nach dieser Entdeckung ein paar kundige Fährtensucher losschicken müssen. Wenn sie jetzt erst die Suche begannen, waren die Spuren schon längst kalt!
Er ließ Angus sofort wecken und machte sich fertig. Eigentlich glaubte er nicht an eine schwierige Verfolgung. Ustin war kein Mann des Waldes. Eher jemand, dem der Wald Angst machte.
Zwei Stunden später erreichten sie die Grenzwarte.
Angespannte Soldaten erwarteten sie. Sie sahen den Freiherren abwartend entgegen.
Trömso war etwas fahrig. Er sah unausgeschlafen aus und schaute schuldbewusst drein. Er machte sich wohl auch Sorgen um seine Zukunft.

"Wie hat es sich ungefähr abgespielt", fragte Arnulf ohne Umschweife. Er hatte vielleicht einen scharfen Ton, denn der Kommandant der Grenzwarte zuckte betroffen zusammen.
"Die Nachtwache hatte den Aufseher gegen Mitternacht tot aufgefunden. Er lag hinter der offenen Tür."
Trömso machte eine schnelle Handbewegung am Hals entlang. Das war deutlich genug.
"Spuren?" Trömso hob die Schultern und sah den Freiherren unsicher an.
"Hast du ein paar Spürhunde?" Der Leutnant nickte eifrig.
Sie standen kurz darauf vor einem Hundezwinger. Dort brach sofort Aufregung unter den Hunden aus.
Ein älterer kahlköpfiger Mann suchte sich drei zuverlässige Hunde aus.
Trömso reichte ihm einen Stofffetzen. Die Hunde schnupperten daran, dann ließ er die aufgeregten Tiere von der Leine.
Die Menschen in der Warte gingen den aufgeregt kläffenden Tieren ängstlich aus dem Weg. Es dauerte nur einige Minuten bis die Hunde eine Spur gefunden hatten. Kläffend folgten sie der Fährte.
Arnulf untersuchte genau, was sie auf dem Weg in der Warte fanden. Neben der Spur des verletzten Ustin gab es noch eine weitere Fährte.
Ustin wurde wohl  befreit. Den Spuren nach war es mit Sicherheit kein Mensch. Ein Elf vielleicht? Aber warum sollte ein Elf diesem Mann zur Flucht verhelfen?
Hatte Jildhrell sich aus einem unbekannten Grund eingemischt? Das ergab aber keinen Sinn für ihn. Die Hexe war den Menschen nicht sonderlich freundlich gesinnt!
Arnulf ließ die Spürhunde mit ihren Führern allein und kehrte zurück zur Grenzwarte. Sie würden ihn später informieren, was sie gefunden hatten.

"Wo ist der Wächter?"
"Wir haben ihn erst einmal vom Dienst befreit", sagte Trömso mehrdeutig. Der Leutnant ahnte Arnulfs Verlangen und führte ihn zu einem Zimmer ohne Aussicht. Auf ein Nicken des Leutnants wurde die Tür aufgeschlossen. Der Wächter saß an einen Stuhl gefesselt und sah etwas zerschunden aus.
Angus trat vor den Gefangenen. Es war ein Bekannter von ihm.
"Francus, das sieht dir ähnlich. Warum hast du deinen Kameraden ermordet?"
Francus sah etwas mitgenommen aus und brauchte eine Weile zu sich zu kommen. Angus wiederholte seine Frage.
"Weißt du Angus, man muss einmal im Leben entscheiden ob man auf der Verliererseite oder bei den Gewinnern stehen will!"
Er lachte hämisch, dabei lief ihm das Blut aus dem Mund. Angus kam er leicht irre vor. Trömsos Leute hatten ihn wohl schon ordentlich bearbeitet.
"Du siehst aber nicht aus wie ein Gewinner", stellte Angus fest.
"Angus, du als Tunnelkämpfer weißt doch genau, wer wieder das Licht der Welt erblickt, ist der Gewinner."
Francus erkannte dann den Freiherren.
"Dein Stern ist am Sinken, Herr. Du hast keine Ahnung was auf dich zukommt, auf dich und deine Familie! Ustin war ein Nichts, aber er hatte Freunde die weit über dem stehen, was wir hier so treiben. Wir sind alle armselige Würmer ohne den Blick für das große Ganze!"
Angus schlug ihn einmal beinahe sanft gegen den Kopf.
"Ich glaube du hast wieder Traumbeeren gegessen. Da wird man irgendwann etwas weich im Kopf! Erzähle uns etwas über die mächtigen Freunde von Ustin!"
Francus sah den ehemaligen Kameraden an und grinste.

"Das muss ich nicht! Es wird euch bald nicht mehr interessieren, da wo ihr seid. Azerbur hat ihn geschickt. Den fürchterlichsten Jäger auf unserer Seite der Welt! Niemand ist ihm je entkommen!" Er sah die Männer vor sich an und kicherte dann albern. "Na dämmert es euch?"
Er lachte in die Runde der verwunderten Gesichter. Ein Kopfgeldjäger, vermutete Arnulf nüchtern.
"Murathyr", flüsterte Francus und begann hysterisch zu lachen.
Trömso sah seinen Soldaten ungläubig an.
"War er hier?"
"Ja, er war hier, so wie ihr jetzt hier steht!"
Das war keine gute Nachricht, wenn sie denn stimmte.
"Wie sieht er aus", fragte Arnulf schnell. Er glaubte eher, dass dieser Mann sie in die Irre führen wollte.
"Na wie ein Elf eben aussieht. Er hatte einen Blick der einem das Blut in den Adern gefrieren lässt, das kann ich euch sagen."
Dieser Elf galt in informierten Kreisen auf dieser Seite der Welt als der erfolgreichste Kopfgeldjäger der letzten hundert Jahre.
Er war auch keiner, dem man mit einem lausigen Handgeld zu einem Auftrag verpflichten konnte.
Sein Ruf ermöglichte es ihm, Auftrag und Bezahlung festzulegen.
Der Elf galt als sehr wählerisch, was seine Aufträge betraf. Er liebte die Herausforderung. Bisher hatte er nur wenige Rückschläge hinnehmen müssen und am Ende hatte der Elf immer triumphiert.
Wegen seiner Tätigkeit für die Menschen wurde der Elf von Seinesgleichen verachtet.
Doch insgeheim bewunderten ihn viele jüngere Elfen, da er aus dem Korsett des Elfendaseins erfolgreich ausgebrochen war.
Offiziell war er ein Verbannter, doch was hieß das schon? Er konnte nun überall sein, ohne auf die strengen Regeln seiner Rasse achten zu müssen. Ihm stand die Welt offen.

"Woher willst du wissen, dass er mich sucht" knurrte Arnulf den Gefangenen an. Der Wachmann grinste ihn frech an.
"Auch du wirst ihm nicht entkommen, Fährtensucher! Er hat mir extra aufgetragen, dass ich dir Bescheid sagen soll. Er sieht dich als seinen Auftrag an!"
Zwei Dinge gingen ihm bei diesen Worten gleichzeitig durch den Kopf.
Die Wälder waren nun nicht mehr seine Freunde und das er schnell nach Haus musste, um seine Familie zu beschützen. Er wurde durch das Wimmern des Gefangenen in seinem Gedankengang unterbrochen. Verwundert sah er zu dem Mann hinab.
Trömso wollte den Gefangenen losbinden, doch der wollte das absolut nicht. Ganz im Gegenteil, er versuchte, die Soldaten zu überreden ihn so zu lassen wie er war.
"Nein Leutnant, lasst mich einfach hier sitzen bis ich einschlafe. Dann könnt ihr mich losbinden. Bitte, bitte!"
Trömso war überrascht ob des Wunsches, lies aber trotzdem die Fesseln durchschneiden. Er verstand nicht, was den Gefangenen zu diesem widersinnigen Wunsch bewogen hatte.
Angus konnte gerade noch erschrocken seinen Kopf wegziehen, als sich das Seil mit einem enormen Tempo um den Mann wickelte. Das Seil glänzte am Ende wie Metall. Arnulf zog Angus mit einer schnellen Bewegung aus dem Gefahrenbereich. Danach ging alles so schnell, das die Augen den Vorgang kaum erfassen konnten.
Sie konnten gerade noch erkennen, wie sich das Seil um den Hals des unglückseligen Francus wickelte und dessen Kopf fiel kurz darauf zu Boden. Blut spritzte wie eine Fontäne hoch. Fassungslos sahen sie auf den toten Torso.
"Eine Todesmaschine, er ist noch hier", rief Arnulf leise und sah vorsichtig auf den Gang hinaus.

Angus stellte sich vor den Freiherren und schritt durch bis zur Tür. Langsam öffnete er sie, Tageslicht blendete sie kurz.
"Lasst  Alarm geben, Leutnant. Sie sollen die ganze Warte absuchen. Zweimal!"
Trömso schluckte aufgeregt und nickte. Keiner der Männer glaubte daran Murathyr stellen zu können. Aber so war wenigstens sicher, dass er nicht mehr hier war.
"Wir werden diesen Ustin suchen, er wird noch nicht weit sein", sagte Arnulf zu Angus.
Sie nahmen die Spur wieder auf. Die beiden Männer überquerten den Grenzweg und verschwanden im Dickicht des Waldes.
Sie konnten schon bald feststellen, dass sie nicht allein waren. Sie waren vielleicht eine Stunde vom Jagdschloss entfernt.
"Da sind schon wieder Wölfe", flüsterte Angus beunruhigt.
Es war kein guter Tag für ihn und das nicht nur, weil er so früh aus dem Bett geholt worden war.
Die Wölfe hielten Abstand zu ihnen. Angus war trotzdem äußerst angespannt und suchte ständig das Unterholz ab.
Arnulf hielt ihn plötzlich zurück.
An einer Weggabelung fanden sie den Gesuchten.
Der Freiherr hatte Recht behalten. Ustin war nicht weit gekommen. Er hing an einer jungen Eiche. Seine Arme waren an einen Ast gebunden. Der große Mann sah grauenhaft aus. Ein Mückenschwarm um surrte ihn. Sie hatten das Blut gerochen, das aus dutzenden kleinen Wunden tropfte. Er war von kleinen Schnitten übersät. Sein Peiniger wollte, dass er langsam ausblutete.
Angus kletterte etwas am Baum hoch und schnitt den Mann los. Er fiel hart auf den Boden. Doch kein Laut kam über seine Lippen.
Arnulf holte seinen Trinkschlauch hervor und goss dem Mann etwas Wasser über sein Gesicht. Nach einer Weile öffnete Ustin

seine Augen und starrte eine Weile in Arnulfs Gesicht. Er schien nicht zu erkennen, wen er vor sich hatte.
"Soll ich eine Trage holen", fragte Angus.
"Es ist nicht mehr viel Leben in ihm", erwiderte Arnulf ablehnend.
Bei diesen Worten öffnete Ustin unvermittelt die Augen.
"Ich wusste, dass ich dich noch einmal sehen werde", flüsterte er mit ersterbender Stimme.
"Ist es einer seiner Fallen", fragte Arnulf. Er fühlte eine Unruhe in sich aufsteigen. Vielleicht war er genau da, wo ihn Murathyr haben wollte?
Ustin grinste ihn an. "Du hast doch nicht etwa Angst? Das solltest du auch! Dieser Elf ist ein grausamer Dämon! Von Azerbur direkt aus der Unterwelt geschickt!"
"Das war dein ganzer Plan? Eine neue Welt für neue Menschen, nur um mich zu töten?"
"Du willst mich in meinen letzten Minuten auch noch beleidigen? Das war natürlich nicht mein Plan, aber es war ein falsches Spiel! Ich war dumm, so dumm! Azerbur wollte nie an diesen Baum heran! Dort sollte niemals ein Dorf entstehen! Es war ein falsches Spiel! Ich glaube sogar, das du von Anfang an Recht hattest, leider", flüsterte er mit Bitterkeit. "Ich war nur da, um dich abzulenken!"
Arnulf lächelte nachsichtig. Das hatte er schon die ganze Zeit über vermutet!
"Es geht nur um das Land, hab ich Recht?"
"Ich weiß gar nichts mehr", sagte Ustin schwach mit gebrochener Stimme. Seine Augen verdrehten sich und wurden weiß.
"Sag, wer hat den  Mörder geschickt? Weißt du es?"
Es sah so aus, als wenn Ustin seinen letzten Atemzug getan hatte, doch er schlug noch einmal die Augen auf. "Es ist so kalt! Warum lässt du mich nicht gehen?"
"Weißt du, wer Murathyr  bezahlt? Weißt du es?"

Ustin versuchte zu lächeln. "Finde es heraus! Meine Zeit hier auf Erden ist wohl abgelaufen! Es ist so kalt..." Seine Stimme erstarb zu einem Flüstern.
Die Wölfe in der Umgebung waren plötzlich unruhig und jaulten.
"Er ist ganz nah", flüsterte Ustin plötzlich leise, wie aus dem Jenseits.
Arnulf warf sich zur Seite. Ein Pfeil steckte in der Erde neben ihm.
"Herr", rief Angus und fiel nach vorn zu Boden. Ein kurzer Pfeil steckte in seinem Rücken.
Arnulf sah sich um und kroch an den Boden gepresst zu Angus. Der sah ihn mit schmerzverzerrtem Gesicht an. "Verschwinde Herr!"
Er stand unsicher auf und sah sich um. Ein Wolf war plötzlich an seiner Seite und roch an dem Soldaten. Angus erstarrte vor Angst. Doch der Wolf nähert sich Arnulf und sah auf ihn hinab.
Einige Bergelfen umringten ihn. Der Freiherr befand es für besser sich jetzt zu erheben. Er hatte schließlich einen Rang auf dieser Seite der Berge.
Die Elfen sahen ihn ausdrucklos an.
"Wenn ihr Murathyr jagt, seid ihr zu spät gekommen", erklärte Arnulf kalt.
"Wir werden ihn bald haben, Mensch. Aber wir machen uns Sorgen über deine Ungeschicktheit. Er ist ein großer Jäger. Es ist ihm ein leichtes, dich zu töten!"
Wie auf dieses Stichwort brach ein Elf neben dem Sprecher zusammen. Auch er hatte einen Pfeil in seinem Körper zu stecken.
Die Bergelfen waren im Nu verschwunden.
Angus drückte seinen Herren hinter eine Buche.
"Wie konntest du überleben", fragte Arnulf überrascht den Tunnelkämpfer.
"Ich trage immer etwas Eisen unter meinen Sachen", antwortete Angus im vollen Ernst. "Eine alte Angewohnheit."

Er sah sich vorsichtig um. "Ich glaube, er spielt mit uns. Er hätte uns schon längst töten können, wenn er so gut ist wie alle sagen!"
Zwei Pfeile steckten in der Buche neben ihnen. Es war ein deutliches Zeichen, sich aus dem Staub zu machen. Zurück blieb der tote Bergelf. Und Ustin.
Arnulf zog ihm schnell den Pfeil heraus, um ihn zu betrachten. Er war sorgfältig gefertigt, stellte er fest. Dieser Kopfgeldjäger war kein Abenteurer. Er nahm seinen Auftrag sehr ernst und ging mit Sorgfalt vor. Ein Abenteurer wäre ihm wesentlich lieber gewesen.
Die Wölfe waren wieder an seiner Seite. Es ging nichts Böses von ihnen aus. Sie begleiteten ihn nicht einfach, sondern leiteten ihn unauffällig. Arnulf fragte sich wohin die Reise ging. Angus folgte ihnen mit gewissen Abstand.
Bald wurde ihm klar, dass sie ihn wiederum zum Weißen Alten geleiteten. Kurz bevor das Ziel erreicht war gesellte sich auch Streuner zu ihnen.
Er leckte Arnulf die Hand. Dann standen sie vor dem alten Baum. Ringsherum lagen noch Waffen und Werkzeug umher. Arnulf musste bald jemanden herschicken, um das alles einzusammeln.
Die Wölfe legten sich zu Boden.
Einige Minuten später erschien der Leitwolf wie ein Geist. Er stand wie aus dem Berg gewachsen vor den beiden Männern. Angus sah sich mit Unbehagen um.
"Was machen wir hier", fragte er leise den Freiherren.
"Ich vermute, meine Schwester wird ebenfalls gleich hier auftauchen. Dann werden wir sehen, was wir hier machen."
"Da hast du mal wieder Recht. Der Leitwolf will wissen, was passiert ist!"
"Das weiß er doch sicherlich besser als ich", knurrte Arnulf. Anka sah ihn merkwürdig an.

"Er will wissen, was das für ein Elf ist, der hier wie ein Geist durch die Wälder streicht und alles tötet, was ihm vor den Bogen kommt!"
"Er ist der beste Kopfgeldjäger unserer Zeit und er jagt mich, wenn ich das richtig verstanden habe!"
"Warum jagt er ausgerechnet dich?"
Arnulf atmete langsam ein und sah den Wolf vor sich an. Der sah aus, als schliefe er, doch Arnulf wusste es besser.
"Ich stehe jemanden im Weg, der das Land hier haben möchte. Das vermute ich jedenfalls. Du erinnerst dich doch an Azerbur? Er war der angebliche Auftraggeber, so dachte es dieser Ustin bis zum Schluss. Aber es sieht so aus, als wenn jemand einfach nur dieses Stück Land haben will."
"Wer will hier die Macht an sich reißen", fragte sie mit heiserer Stimme.
"Ich habe keine Ahnung", antwortete der Freiherr ratlos. "Ich hatte eigentlich gehofft, du könntest mir das sagen."
"Woher", fragte seine Schwester schnippisch. Ihr Bruder ging nicht darauf ein.
Er vermutete, dass sie einen Verdacht hatte.
"Jemand muss diesen Kopfgeldjäger bezahlt haben, sonst würde er keinen Finger rühren, für wen auch immer! Und er ist der Beste und er wird seinen Preis haben!"
"An wen denkst du?"
"An dieselben, wie damals. Sylvia und vielleicht Hagenar. Es kann doch nur jemand aus der Umgebung sein."
Seine Schwester sah nicht überzeugt aus.
"Sylvia braucht doch nur warten, dann fällt ihr das Königreich von ganz allein in den Schoss!"
Da hatte sie natürlich Recht. Dem König ging es schließlich schon seit geraumer Zeit nicht gut. Er zeigte sich kaum noch in der

Öffentlichkeit. Arnulf wollte gar nicht einfallen, wann er das letzte Mal in dessen Gemächern gewesen war.
Der Wolf hatte ihr Gespräch verfolgt und erhob sich.
Wahrscheinlich hatte er ganz andere Schlüsse gezogen. Gemächlich lief das Tier in den Wald. Sein Rudel folgte ihm nach einer Weile.
"Er war nicht zufrieden oder irre ich mich?"
Anka sah ihren Bruder an, als überlegte sie wie sie ihm das Verhalten begreiflich machen konnte.
"Er denkt in anderen Kategorien. Ich kann es dir nicht erklären. Er wird sich bald wieder zeigen, darauf solltest du gefasst sein!"
"Steht er auf unserer Seite?"
"Er steht auf der Seite der Wölfe!"
Arnulf wollte nun schnellstens zu seiner Frau. Es begann bereits zu Dämmern.
Angus hatte auch das Bedürfnis, die Nacht mit einem Dach über dem Kopf zu verbringen. Als Zielscheibe für einen Kopfgeldjäger durch den nächtlichen Wald zu laufen, war nicht seine Absicht.
Arnulf hatte die Befürchtung, dass dieser Auftragsmörder ebenfalls auf dem Weg zum Jagdschloss war. Inständig hoffte er vorher einzutreffen.
So hetzten die beiden Männer im Laufschritt durch den Wald.
Er wurde ruhiger, als das Tor geöffnet wurde und ein Wächter mit der Fackel die beiden Männer anleuchtete. Stille lag über dem Hof.
Angus verabschiedete sich und ging müde zu seiner Unterkunft.
Er hatte ein kleines Zimmer mit einer Feuerstelle für sich allein. Der Soldat wollte sich nur einen Augenblick hinsetzten, schlief aber sofort erschöpft ein.

# Nachts im Jagdschloss

Arnulf hatte etwas gehört. Ein Geräusch, das nicht in dieses Haus gehörte. Schon gar nicht zu dieser Zeit. Er zog rasch das Langmesser aus der Lederscheide, das immer neben seinem Bett hing. Er sah zu seiner Frau hinüber, die schlief anscheinend tief und fest.
Leise schlich er zur Tür und lauschte in das Haus.
Er bewegte sich nicht. Auch nicht als er einen Luftzug an seinen Fußknöchel fühlte.
Auch der gehörte zu diesem Zeitpunkt nicht hierher.
Er konnte jedoch nicht sagen, ob sich sein nächtlicher Gegner oberhalb oder unterhalb von ihm befand.
Er kratzte mit der Messerspitze leicht über den Türrahmen. So wollte er eine Reaktion erzeugen.
Arnulf hatte den Eindruck, dass jemand die Luft anhielt. Der unsichtbare Eindringling wartete ab.
Dann roch Arnulf den Fremden in seinem Haus. Er konnte nur einige Armlängen von ihm entfernt sein.
Konnte der Elf vielleicht in der Dunkelheit sehen?
Draußen vor dem Schloss begannen in diesem Augenblick einige Wölfe zu heulen.
Der Geruch verflüchtigte sich schnell, als der Eindringling verschwand. Langsam und völlig geräuschlos.
Arnulf war den Wölfen dankbar. Sie hatten ihn aus dieser Situation gerettet. Er hätte im Dunkel kaum eine Chance gegen den Kopfgeldjäger gehabt. Das war ihm völlig klar.
Er beschloss eine kleine Öllampe zu entzünden, auch wenn er dadurch ein leichtes Ziel sein würde. Er sollte es nicht bereuen.
Bedächtig leuchtete er alle Ecken aus und begab sich Schritt für Schritt zum Treppenhaus.

Mehr durch Zufall erkannte er eine flach über die Treppenstufe gespannte Sehne. Der kaum sichtbare Schatten wanderte im Licht der Lampe auf dem Boden, das hatte ihn aufmerksam gemacht. Eine gute alte Stolperfalle. Hier auf der steilen Treppe konnte sie durchaus tödlich sein. Er suchte schnell das ganze Treppenhaus ab, fand aber nichts weiter. Trotzdem lief er dann noch einmal langsam alles ab. Er wollte sicher sein, das nicht doch irgendwo eine weitere Falle verborgen war.
Die Strategie, Unsicherheit im eigenen Haus zu säen, war eine sehr boshafte, genau kalkulierend auf Zermürbung ausgelegt. Arnulf durfte niemanden etwas darüber sagen, wenn er nicht Panik unter der Dienerschaft erzeugen wollte.
Auch seiner Frau wollte er erst einmal nicht ins Vertrauen ziehen.
Langsam arbeitete er sich bis zur Eingangshalle hinunter. Die Tür war einen Spalt offen. Sollte das eine Einladung sein oder war es Zufall?
Die Jagdhunde hinter dem Haus begannen in diesem Augenblick zu bellen.
Das ließ nur einen Schluss zu, Murathyr war noch immer in der Nähe.
Ein Stallbursche warf sich eine Jacke über und ging langsam zum Hundezwinger. Arnulf blieb nun keine Wahl mehr, er musste den Jungen zurückrufen.
"Geh wieder schlafen, ich sehe nach", rief er dem Jungen zu.
Der Angesprochene blieb stehen und sah den Schlossherren verwundert an. Dann zeigte er auf den Hundezwinger. Ein Hund lag jaulend in seinem eigenen Blut. Arnulf bemühte sich, nicht dorthin zu rennen. Denn es war doch offensichtlich, das ihn dieser Elf dort haben wollte. Der Junge, hielt sich nicht zurück und wurde sogleich Opfer eines kleinen Pfeils. Der steckte in seinem Oberschenkel. Weitere Bedienstete kamen auf den Hof.

Das musste ganz nach dem Geschmack von Murathyr sein. Er hatte alle Optionen und konnte nach vollbrachter Tat in dem Durcheinander, wann immer er wollte, verschwinden.
Es war dem berühmten Elfen anscheinend zu langweilig, den Freiherren einfach zu töten. Er brauchte dazu noch Publikum.
Immer mehr Fackeln erhellten den Hof. In ihrem unruhigen Schein tanzten die Schatten an den Hauswänden.
Arnulf sah sich um. Von wo hatte der Elf den besten Überblick? Er würde auf einem Dach der Stallungen sitzen. Einige Wächter liefen auf ihn zu.
"Ihr bewacht den Hauseingang hinten und vorn", befahl er. Dann ließ er sich ein Schild geben und ging langsam über den Hof. Schon wenige Augenblicke später steckte ein kurzer Pfeil in dem Schild. Trotzdem ging er weiter, nur etwas schneller. Das war die einzige Chance an den Elf heranzukommen. Ein weiterer Pfeil schlug kurz darauf in dem Schild ein. Er war wohl auf dem richtigen Weg.
Dann hörte er das charakteristische Geräusch einer fliegenden Bola, die sich um seine Beine wandte und ihn so zu Boden riss. Arnulf fluchte innerlich, doch er hielt auch, als er auf dem Boden lag, das Schild über sich.
"Ich habe langsam keine Pfeile mehr, Fährtensucher", erklärte eine belustigte Stimme ganz in der Nähe. Er sprach zwar im Elfenstil, doch durch seine lange Abwesenheit von den Bergen klang seine Sprache anders, als die der Bergelfen.
"Du hast es mir nicht leicht gemacht, das hat mir Spaß bereitet! Ich werde dich immer in guter Erinnerung behalten!"
Arnulf sah nur ein Kettenhemd. Der Elf schien schlank und ziemlich groß zu sein.
Gerade als er wieder etwas zu dem am Boden liegenden sagen wollte, schwankte er plötzlich und hatte Mühe sich aufrecht zu halten. Arnulf hörte eine bekannte Stimme fluchen.

Dann war Murathyr wie vom Erdboden verschluckt und Angus beugte sich über den Freiherren.
"Lebst du noch, Herr?" Arnulf knurrte unbestimmt. Angus hob ihn mühelos auf die Beine. Das traute man diesem eher kleinen Mann nicht zu. Doch der ehemalige Tunnelkämpfer war ein Kraftbündel, das man nur einmal unterschätzte.
Angus leuchtete mit einer Fackel den Schild an. Dort steckten eine Handvoll Pfeile, stellten sie fest.
"Dieser Murathyr macht keine halben Sachen", kommentierte Angus ungerührt den Schild.
"Aber er ist auch nur ein Wesen aus Fleisch und Blut", fügte er noch zufrieden grinsend hinzu. Er hatte dem Elfen tüchtig eins mit dem Knüppel übergezogen. Mit solcher Gewalt, das er jetzt zerbrochen auf dem Boden lag.
Angus stieß mit dem Fuß gegen das zerbrochene Holz und knurrte zufrieden.
"Wir werden ihn wohl heute nicht mehr zu sehen bekommen", vermutete Arnulf. Angus machte eine vage Handbewegung.
"Wir sollten nach den Männern sehen", fiel Arnulf ein. Und tatsächlich lag ein Wächter am Boden. Er war schwer verwundet.
"Wir brauchen einen Heiler", stellte Angus fest. Doch für ihn kam jede Hilfe zu spät. Einige Minuten später war der Wächter bereits tot.
"Das hättest du sein sollen, Herr", sagte Angus besorgt. "Was ist das für ein Elfenteufel? Seit wann gibt es Assassinen bei den Elfen?"
"Er soll einer der besten Kopfgeldjäger sein, die es gibt", antwortete Arnulf bedrückt. So jemanden wollte man nicht in der Nachbarschaft wissen.
"Und wie sollen wir mit dem fertig werden?" Angus zog die Pfeile aus dem Schild.

"Das muss ein Wahnsinniger sein", vermutete der Tunnelkämpfer als er die vielen Pfeile auf dem Boden betrachtete.
"Das dürfte wohl zutreffen, er ist kein Bergelf mehr, so wie wir sie kennen", murmelte Arnulf versunken. "Sogar die Elfen haben Angst vor ihm!"
"Werden die nicht etwas gegen ihn unternehmen?"
Der Freiherr schüttelte den Kopf. "Sie werden ihn eher bewundern. Dagegen kommt nicht einmal der alte Elfenkönig an", mutmaßte er.
Er nahm Angus am Arm. "Wir dürfen seine Fährte nicht verlieren", sagte er leise. Sie suchten sich schnell einige Waffen und Proviant zusammen und machten sich auf den Weg. Unten, über der Ebene von Ylsten, kündigte sich das erste Tageslicht an. Sie griffen sich einige Fackeln und schlichen außen an der Mauer des Schlosses entlang. Sie mussten jeden Augenblick damit rechnen, von dem Elfen angegriffen zu werden. Doch Arnulf vermutete, dass der Kopfgeldjäger sich zu einem sicheren Ort zurückgezogen hatte. Wahrscheinlich waren ihm die Pfeile wirklich ausgegangen.
Arnulf stieß später tatsächlich auf eine Spur, die lohnenswert erschien. Sie folgten ihr eine Stunde. Mit ihren Fackeln waren sie vorzügliche Ziele. Aber nichts geschah. Der ehemalige Fährtensucher fand noch verschiedene andere Spuren von den Bergelfen. Verfolgten sie den Assassinen etwa auch?
Wenn er es recht überdachte, konnten die Oberen der Bergelfen kein Interesse an einem Meuchelmörder aus ihre Reihen haben, der noch dazu heimlich von den jungen Elfen bewundert wurde.

# Die Suche

"Du wirst ihn niemals finden, Mensch!" Die Stimme hatte diesen speziellen Singsang der Elfen. Es war ein einzelner Elf, der neben ihnen stand. Er verschmolz mit der Dämmerung, so dass es Mühe bereitete ihn ins Auge zu fassen. Er war sehr schlank und hatte einen sehr erfahrenen Ausdruck im Gesicht.
"Ihr habt wohl dasselbe Problem, Elf", erwiderte Arnulf ungnädig.
"Wir wissen ziemlich genau, wo er sich befindet", antwortete der Elf mit kalter Gewissheit. Angus zeigte beim Lächeln die Zähne.
"Ich finde, wir könnten auf seine Anwesenheit hier verzichten." Er sagte es mit viel Nachdruck. Der Elf sah sie ungerührt an.
"Jildhrell hat mich angewiesen ein Auge auf Euch zu haben, Freiherr!"
"Ich hoffe wir halten Euch nicht von wichtigeren Angelegenheiten ab", erwiderte Arnulf sarkastisch.
"Ich hätte sicherlich besseres zu tun, als euch hilflose Wesen vor einem der besten Krieger unserer Art zu beschützen!"
"Dann bist du also ein noch besserer Mörder als er", fragte Arnulf, den die Überheblichkeit dieses Elfen inzwischen auf die Nerven ging.
"Probiert es aus", antwortete der Elf betont gleichgültig.
"Vielleicht ist das ja Murathyr persönlich", raunte Angus dem Freiherren ins Ohr. Der Elf hatte das durchaus verstanden und hatte kurz ein Lächeln im Gesicht.
"Wer kann das schon wissen?" Der Freiherr starrte den Bergelfen abwägend an.
"Dann wäret ihr schon Tod." Der Elf gestattete sich ein feines Lächeln. Er konnte wohl offenbar sehr gut hören.

"Hast du eine Vermutung, wo sich der Kopfgeldjäger befindet", fragte Arnulf. Der Elf sah aufmerksam in den Wald. Er reagierte nicht auf die Frage.
"Ich soll euch nur ein wenig beschützen", erwiderte er schließlich ausweichend. Der Freiherr hatte echte Zweifel, dass dieser Elf ihnen im Ernstfall zur Seite stehen würde.
"Ich kann kein Zeichen von ihm finden", stellte Arnulf fest. Der Elf lächelte spöttisch. Arnulf zog schnell sein Schwert aus der Scheide und hielt es dem Elf an den Hals. Der hatte zu einem Messer gegriffen, hielt aber inne.
"Dann gibt es nur drei Möglichkeiten. Der Elf ist noch im Jagdschloss." Arnulf streckte einen Finger aus.
"Der Elf ist im Wald untergetaucht." Er streckte einen zweiten Finger aus.
"Oder aber, du bist dieser Elf!"
Das Schwert drückte nun leicht in die Haut des Elfen. Das war ihm sichtlich unangenehm. Doch er rührte sich nicht, sondern gab sich gelassen.
"Ich nehme an, du bevorzugst die zweite Möglichkeit", fragte der Freiherr den überrumpelten Elfen. Der nickte vorsichtig. Angus trat dem Elfen gekonnt in die Kniekehlen, so dass er zu Boden fiel. Rasch wollte er wieder aufspringen, doch Arnulf stand schon über ihm und hatte die Schwertspitze schon an dessen Kehlkopf. Es war ihm ernst.
"Du bist Murathyr, der Kopfgeldjäger", rief Arnulf wütend. "Sag mir, wer dich angeheuert hat!"
Angus hatte dem Elfen schon die Beine zusammengebunden. Da Murathyr es vorzog zu schweigen, ritzte der Freiherr ihn leicht an der Wange.
"Wer steht hinter alldem, was hier passiert ist!"

"Ich kann doch meine Auftraggeber nicht bloßstellen", antwortete Murathyr mit einem fröhlichen Grinsen. Er schien der Meinung zu sein, gleich seine Freiheit wiederzuerlangen.
Angus wollte ihn wütend maßregeln. Das Geräusch von heranfliegenden Pfeilen hinderte ihn daran. Sie warfen sich zu Boden.
Der Kopfgeldjäger nutzte diese Sekunde und sprang auf. Wie er so schnell seine Fesseln durchschnitten hatte, war für die Männer nicht zu ergründen. Augenblicklich war er zwischen den Bäumen verschwunden. Angus fluchte ausgiebig. Sie hielten Ausschau nach den Schützen. Arnulf untersuchte einen Pfeil, der in seiner Nähe in einem Baumstamm steckte. Es war Zweifellos ein Elfenpfeil!
Eine Handvoll Elfenkrieger erschienen vor den beiden Männern.
"Unsere Herrin schickt uns", sagte ein kräftiger Krieger und sah sie ausdruckslos an. "Wir sollten Euch vor Murathyr schützen!"
Angus lächelte schief. "Das ist euch wunderbar gelungen!" Das weitere was er dazu auf dem Herzen hatte, murmelte er nur leise vor sich hin.
"Eure Herrin ist wohl Jildhrell, nehme ich an", fragte Arnulf, doch er bekam keine Antwort.
Arnulf hatte das untrügliche Gefühl, das sie gerade ihrem angebeteten Helden die Haut gerettet hatten. Natürlich konnte man ihnen keine böse Absicht unterstellen.
"Ihr könnt beruhigt sein, es geht ihm wieder gut", sagte Arnulf. Die Elfen sahen ihn stumm an. Er sah keine Regung in ihren Gesichtern, auch wenn sie die Worte des Freiherren wahrscheinlich nicht verstanden.
"Bitte sagt eurer Herrin, diese Art von Hilfe nützt uns nichts", rief er den Elfen zu, die sich umdrehten und mit geschmeidigen Schritten zurück ins Unterholz schritten. Sie beachteten seine Worte nicht.
Angus sah seinen Herren fragend an. Der winkte ab.

"Wir hatten ihn", rief Angus wütend aus.
"Wenn uns das einmal gelungen ist, warum nicht auch ein zweites Mal, " sagte Arnulf gelassen. Er hatte keinen Helden vor sich gehabt. Es war ein Mörder, wie dutzende andere auch, befand er. Er konnte es verstehen, dass die Elfen ihn für seine Erfolge insgeheim verehrten. Er tat alles was ihnen durch ihre Kultur verboten war.
Für ihn war er jedoch nur ein kaltherziger Mörder, der über eine tödliche Fantasie verfügte und ihm sein Leben nehmen wollte.
Es war fraglich, ob es Sinn machte den Assassinen zu diesem Zeitpunkt weiter zu verfolgen.
Nach kurzer Beratung verfolgten sie die wenigen Spuren weiter durch den Bergwald. Es wurde nun Zusehens heller. Die ersten Vögel begrüßten den Tag mit ihrem Gesang, der weit durch den Wald hallte.
Die Berge erwachten langsam zum Leben.
Angus deutete nach einer Weile in den Wald hinter ihnen. Die Schemen, die sie sahen, waren Wölfe. Sie näherten sich ihnen jedoch nicht. Arnulf ging ihnen langsam entgegen. Die Tiere rührten sich nicht von der Stelle. Sein alter Freund Streuner tauchte auf und sah ihn leise winselnd an.
"Sie sind nicht zufrieden mit dir", hörte er seine Schwester sagen. Er drehte sich um, aber niemand war zusehen.
"Du musst verstehen, Murathyr ist nur ein Vorbote für das, was sein könnte. Das wollen die Tiere dieses Waldes nicht zulassen."
"Aber sie könnten ihn doch viel einfacher als ich jagen."
"Das wäre der falsche Weg. Wie du ja wohl weißt sind Wölfe bei den Menschen nicht sehr beliebt. Es würde außerdem hier am Schloss deine Position stärken."
"Aber sollten die Elfen ihren Abtrünnigen nicht selbst zur Strecke bringen? Wäre das nicht der richtige Weg?"

Die Wölfe knurrten vernehmbar. Konnten die Tiere das Gespräch etwa verstehen?
"Verstehst du nicht, die Elfen stehen an einem Scheideweg! Das Gleichgewicht ist äußerst bedroht im Augenblick. Die Elfen müssen entscheiden, was sie sein wollen. Jildhrell ist in Sorge, dass die jungen Bergelfen Murathyr folgen werden. Das wäre für das Gleichgewicht aller Lebewesen hier in den Bergen eine Katastrophe!"
Arnulf seufzte schwer. Er fühlte sich klein und machtlos. Alle Sorgen dieser Welt schienen stets nur auf seinen Schultern zu ruhen.
Er ging langsam zurück zum Schloss. Plötzlich fühlte Arnulf sich ausgelaugt. Er sehnte sich nach einem Bett.
Angus folgte ihm stumm. Er sah sich wachsam um, weil er bemerkte, dass der Freiherr seinen Gedanken nachhing, anstatt auf den Wald zu achten.

Im Jagdschloss war man beim Aufräumen. Emsig wurde alles hin und her getragen.
Ein Teil der Männer war bewaffnet und beobachtete den Wald. Jedermann in der Umgebung des Schlosses wurde genau kontrolliert.
Als Arnulf die Türklinke anfasste durchfuhr ihn ein beruhigendes Gefühl. Er war zu Haus angekommen!
Seine Frau eilte ihm aufgeregt entgegen. Arnulf berichtete ihr seine nächtlichen Erlebnisse.
"Wer war das? Warum hat er dies getan?"
"Ein bezahlter Mörder, noch dazu ein Bergelf!"
Seine Frau sah ihn ängstlich an. "Haben wir jetzt etwa mit den Elfen Krieg?"

Arnulf schüttelte den Kopf.
"Im Augenblick noch nicht", sagte er ohne innere Überzeugung. Wenn sie diesen Murathyr nicht bald in die Finger bekamen, würde es sehr unsicher werden hier in den Bergen!
Ein immer wieder auftauchender Gedanke suchte ihn etwas unpassend in dieser Sekunde heim. Er müsste ein Amt schaffen und Männer suchen, die verlässlich waren. Sie müssten hier über die Einhaltung der Gesetze wachen und in bestimmten Rahmen Untersuchungen durchführen, wenn Verbrechen verübt wurden. Aber wie sollen diese Männer ausgewählt werden und warum sollte die Bevölkerung die Bestrebung haben, sich seiner Rechtsprechung zu beugen?
Allein in den Bergen auf sich gestellt, war das auf jeden Fall eine Herausforderung für die einzelne Person. Im Augenblick könnten diese Männer ihm aber sowieso nicht helfen. Aber in Zukunft wäre das eine sinnvolle Unterstützung.
Er sollte jetzt der Elfenhexe helfen, ihr Volk auf den alten Weg der Elfen zu bringen. So jedenfalls hatte ihm das die Schamanin der Berge erklärt, seine Schwester.
Etwas, das tief verwurzelt schlummerte in den Wesen der Elfen, war zum Ausbruch gekommen!
Das musste wieder zurückgedrängt werden, sonst gab es Krieg zwischen den Menschen und den Elfen. Das war vielleicht auch das Ziel seines unsichtbaren Feindes. Ihn  so zu schwächen, das ihm das Land einfach in die Hände fiel! Einmal mehr fragte er sich, wer dahinterstecken könnte. Dass die Elfen diesen Plan ersonnen hatten war mehr unwahrscheinlich. Es würde auch ein Mensch gewesen sein, der Murathyr gerufen hatte!
Die unwahrscheinlichste Variante war die Rückkehr Azerburs. Dass er etwas damit zu tun hatte, schied für den Freiherren jedoch aus.

Er war schließlich bei seiner Rückkehr in die Ewigkeit dabei gewesen!
Es war weithin bekannt, das die Elfen und die Menschen sich seit Jahrhunderten auf die eine oder anderen Art bekämpften. Sie waren sich nie sonderlich wohl gesonnen und ihren Gemeinsamkeiten beschränkten sich auf einige Zweckbündnisse, um gegen einen äußeren Feind zu bestehen.
Gesetzt der Fall, er würde diesen finsteren Bergelfen zur Strecke bringen, was ihm nicht sehr wahrscheinlich vorkam, wäre das nicht der Vorwand für weitere Feindseligkeiten?
Aber seine Liste, die ihm dazu einfiel, war nicht sonderlich lang und die Namen waren alle wohlbekannt.
Arnulf sah aus dem Turmfenster in die Dunkelheit. Die Elfen mussten den Assassinen selbst zur Strecke bringen! Würde ein Mensch dies tun, hätte das vielleicht ungeahnte Konsequenzen.

Ganz in der Nähe saß Murathyr auf einem Baum und beobachtete das Jagdschloss. Der Mensch dort unten ließ sich nicht so einfach umbringen, wie er angenommen hatte. Das nötigte ihm etwas Respekt ab. Das konnte aber nur bedeuten, dass er ab jetzt mit allen Mitteln gegen ihn vorgehen würde!
Während das seinen Kampfgeist anspornte, ärgerte es ihn maßlos, dass ihm ständig die Wölfe dazwischen kamen.
Was mischten sie sich ein? Schon fast aus Zorn hatte er einen oder zwei getötet. Doch damit verbunden war das Gefühl, einen schweren Fehler gemacht zu haben.
Die Wölfe waren uralte Clans, die schon immer hier gelebt hatten. Vor den Elfen, vor den Menschen. Nun wurde er von ihnen verfolgt. Aber besorgt war er deswegen nicht, fühlte er sich ihnen doch weit überlegen.

Er musste sich um diesen Freiherren kümmern! Dieser Mensch war schließlich sein Auftrag und er, Murathyr, hatte noch nie versagt!
Er musste sich auch um die Hexe der Elfen kümmern! Sie würde ihm im Weg stehen, wenn er seinen Plan ausführen wolle, das wusste er nur zu gut!
Am Ende musste er sich um diesen vergreisten, schwachen Elfenkönig kümmern! Er hatte seine Zeit gehabt. Scheinbar war den Bergelfen völlig entgangen, dass längst ein neues Zeitalter angebrochen war. Ein Zeitalter, in dem die Elfen höchstens noch einen Platz am Rande hatten!
Wenn alles wieder an seinen richtigen Platz gerückt war, würde er sich um die Wölfe kümmern! Auch sie gehörten in seinen Augen einer vergangenen Epoche an.
Er würde sich hier in den Bergen ein Königreich errichten und die Elfen wieder dahin führen, wo sie in der Rangordnung der Natur hingehörten!
Vor die Menschen! Vor die Wölfe!
Er sonnte sich einen kurzen Augenblick in dem Gedanken, am Ende der König der Bergelfen zu sein. Er würde seinem Volk wieder den alten Glanz verleihen. Sie waren dann nicht mehr die huschenden Schatten der Wälder! Die Menschen würden ihnen Tribut zollen müssen. Dann konnten sie ihre tristen Höhlen in Paläste verwandeln!
"Du willst die Elfen zu Menschen machen?" Die Frage kam unvermittelt leise aus dem Nichts.
Murathyr zuckte nicht mal mit dem Augenlid. Er konnte sich in jeder Situation beherrschen. Doch das er sie nicht bemerkt hatte, gab ihm einen feinen Stich in sein Selbstbewusstsein
Der Kopfgeldjäger wusste das Jildhrell mächtig war, auch für Elfenverhältnisse. Doch auch ihre Zeit würde ablaufen, bald. Er musste nur abwarten wie es sich entwickelte.

Auf keinen Fall durfte er sie unterschätzen. Solange sie lebte, würden die Elfen jedoch nur weiter Geister in ihrem eigenen Wald sein!
Er würde auch sie töten, wie einige andere Hexen, in seiner Laufbahn als Assassine. Es würde bei ihr etwas schwieriger sein, aber mehr auch nicht.
Er wusste, sie war im Augenblick nicht in der Nähe. Es war nur einer ihrer Tricks. Es war aber unangenehm, dass sie anscheinend seine Gedanken lesen konnte. Sie konnte ihn jedoch nicht aufhalten mit ihren Tricks, niemand konnte das!

Arnulf saß im Turm seines Schlosses und starrte in die Ferne. Dort konnte man die Umrisse von Ylstenbyrg gerade so erkennen.
Es war nur als ein kleiner dunkler Schatten wahrzunehmen. Das tröstete ihn im Augenblick überhaupt nicht.
Er konnte nicht erkennen, was dieser Assassinenelf überhaupt für einen Plan verfolgte. Klar war, dass niemand rein zufällig starb. Es war so etwas wie eine Vorbereitung eines noch im Dunkel liegenden Planes.
Murathyr hatte hier keinen echten Gegner in Bergisch-Bachland. Doch die eigentliche Frage war, in wessen Auftrag war er hierhergekommen?
Wie konnte man sich seiner erwehren? Er war ihnen mit seinem Können weit überlegen. Er brauchte anscheinend auf Nichts und Niemanden Rücksicht nehmen.
Arnulf konnte sich nicht vorstellen, seine Familie und seine Freunde in ständiger Gefahr schweben zu sehen. Und das war der Punkt! Er brauchte einen Angriffspunkt.
Sein Vater hatte ihm immer eingetrichtert, "was ist die eigentliche Gefahr?"

Er sah seinen Sohn dann immer abwartend an.
"Das was man nicht sieht", widerholte er immer wieder.
"Ungewissheit ist eine sehr starke und heimtückische Waffe!"
Im Augenblick war sie auch seine einzige Waffe. Mit dem Bogen und dem Schwert konnte er dem Elfen nicht gefährlich werden.
Er musste diesen Elf immer im Ungewissen lassen, so wie er es mit ihnen tat. Er durfte nicht so schnell erfahren, ob seine Angriffe erfolgreich waren oder nicht!
Ungewissheit war die Waffe des Augenblicks.
Er musste noch einmal mit den Wölfen reden. Sie waren mit Sicherheit über jede Bewegungen des Assassinen informiert.
Auch mit Jildhrell musste er reden, um herauszufinden wie sie zu diesem Elfen stand. Vielleicht würde sie ja sogar helfen wollen. Er hatte den Eindruck gehabt, dass sie Murathyr nicht sonderlich wohlgesonnen war. Er war ein Verführer ihres Volkes.

Murathyr hatte seinen ursprünglichen Auftrag aufgegeben. Er würde diesen Freiherren nicht töten. Jedenfalls nicht persönlich.
Für diesen Augenblick, der sicherlich bald kommen würde, musste er einen gut durchdachten Plan haben.
Es sollte ihm auch Freude bereiten, diesen Menschen zur Strecke zu bringen!
Er würde den Thron der Bergelfen besteigen und dann die Loyalität seiner Untertanen testen. Er war sich sicher, dass es keiner wagen würde, seinen Wunsch zu übergehen.
Er sollte ja eigentlich dem Freiherren einen Unfall zukommen lassen, so dass niemand seiner Feinde in den Verdacht geriet, daran beteiligt zu sein.
Seine Auftraggeber wollten sich noch bedeckt halten. Nichts sollte auf sie hinweisen.

Der Elf hatte für diese Menschen nur Verachtung übrig. Es waren Schwächlinge und Versager, die nicht den Mumm hatten ihren Plan allein umzusetzen. Sie hatten ihr erbärmliches Reich heruntergewirtschaftet und brauchten nun neue Einnahmequellen. Sie lebten im Grunde nur noch von ihrem alten Namen, dessen Klang kaum noch jemand kannte.

Trotzdem sie immer noch mächtig waren, hatten sie keine Aussicht auf Erfolg in einem Krieg mit dem Nachbarn in den Bergen. Sie waren verweichlicht und zu schwach. So hatte der emporgehobene Gemeine ihre ganz Aufmerksamkeit. Sie neideten ihm, das er in kurzer Zeit aus der vergessenen Region am Grenzweg eine blühende Gemeinde gemacht hatte. Sie wollten seine Einnahmen in ihre leeren Taschen fließen lassen.

Es ging die Sage, dass der Freiherr irgendwo einen großen Schatz versteckt hatte. Wie immer, wenn sich die Leute nicht erklären konnten, warum eine Region plötzlich erblühte.

All das interessierte den Elf nur am Rande. Er sah es jetzt als seine Aufgabe an, die Elfen die hier ein Schattendasein führten, zu neuem Glanz zu verhelfen. Die Menschen würden gerade gut genug sein, den Elfen die Füße zu reinigen.

Der Menschenadel hatte bewiesen, dass er lediglich unfähig und gierig war. In dieser Frage hatte dieser Freiherr sogar die Sympathie des Elfen. Er hatte Licht in den Wald gebracht und sich gegen einige Angriffe behauptet. Für den Elfen war dieser Landstrich Dreh und Angelpunkt des Reiches Bergisch-Bachland. Gehörte ihm dieser Landstrich, gehörte ihm automatisch der Rest der Berge ebenfalls.

Denn die Menschen am Grenzweg erhielten das sieche Reich des Königs auf dem Sonnenfeld mit ihrem Fleiße am Leben.

Arnulf war erstaunt wie schnell seine Schwester eine Zusammenkunft mit den  Wölfen in die Wege geleitet hatte.
Es war zwar schon die Dämmerung hereingebrochen, doch er war schon unterwegs. Sicher, dieser Elf konnte ihn jetzt allzu leicht auflauern. Aber er musste das Risiko eingehen.
Gegen den Rat seiner Freunde ging er allein zu dem heiligen alten Baum.
Er fühlte, dass die Gefahr zum Greifen nahe war. Aber es waren nicht die Wölfe, die dort lagen, die diese Gefahr darstellten. Etwas war hier ganz in der Nähe, das die Bedrohung darstellte.
Der Freiherr fühlte den lauernden Elfen Murathyr. Er schien ihn zu verfolgen und jeden seiner Schritte zu beobachteten. Warum nur, war er so interessant für ihn?

## Der Wolf im Menschen

Arnulf überkam ein unbekanntes Gefühl, das er nicht beschreiben konnte. Es war animalisch und kannte keine Rücksicht auf irgendetwas. Er roch rohe Wildheit. Seine Sinne nahmen den Wald völlig anders war als sonst. Auch die Geräusche klangen anders. Gerüche umfingen ihn und er konnte sofort sagen was es war.
Der Freiherr schüttelte den Kopf, doch es wurde nicht besser. Hatte ihn die Elfenhexe etwas angetan?
"Lass es einfach geschehen", hörte er die Stimme seiner Schwester sagen.
Langsam verhallten ihre Worte und er befand sich in einer anderen Welt.
Kurz darauf hörte er ein Knurren, das von ihm  kategorisch verlangte, zu folgen.
Er sträubte sich dagegen, aber seine Beine folgten den sich entfernenden Wölfen ohne sein Zutun. Er rannte ihnen hinterher,

ohne auf die Gefahren zu achten. Der Grund war ganz einfach, er war jetzt die Gefahr im Wald!
Er machte sich auch keine Gedanken darüber, dass er die Sprache der Wölfe plötzlich verstand. Er war nun schließlich einer von ihnen!
Der Freiherr hörte sein Herz pumpen und nahm die verschiedensten Gerüche war. Der Leitwolf hatte eine Fährte aufgenommen. Das Rudel folgte ihm und fächerte dabei aus. Sie würden gleich jemanden jagen!
Arnulf hatte den Geruch in der Nase, konnte ihm aber keinen Namen geben.
Die Wölfe blieben stehen. Arnulf versteckte sich hinter dem glatten Stamm einer Buche.
Er konnte einen Schatten erkennen. Für das wenige Licht, sehr gut sogar. Er war sich nicht schlüssig, war es ein Mensch?
Er wollte näher heranschleichen, doch ein leises Knurren ermahnte ihn zu bleiben wo er war.
Ihm war jetzt klar, wen sie verfolgten! Den zurückgekehrten Elfen, der die alte Ordnung zerstören wollte!
Arnulf sah sich um. Er sah dünne Metallseile, die zwischen den Bäumen gespannt waren. Einen mürben Zweig durchtrennte dieses Seil mühelos! Er würde dem Elf auch zutrauen sie vergiftet zu haben. Er musste demnach der Schatten vor ihnen sein!
Er war also der Schatten der über dem Bergwald lag!
Murathyr musste sich seiner Sache sehr sicher sein, das er trotz des Wolfsrudels dort so ruhig sitzen blieb.
Was würde der Leitwolf Schattenfell jetzt entscheiden?
Die Wölfe zogen sich zurück. Langsam und nicht alle. Der Elf hatte nur einen freien Weg. Es sah mehr zufällig aus, welcher Wolf sich wohin bewegte.

Der Leitwolf wollte es nicht auf einen Kampf mit dem verschlagenen Gegner ankommen lassen.
Murathyr wusste wohl von dem Wolfsrudel ganz in seiner Nähe. Er bemerkte den Fluchtweg beinahe sofort und beschloss ihn auch zu nutzen, egal welche Absicht dahinter stand. Er wusste natürlich, dass er trotz seines Könnens keine Chance gegen das ganze Wolfsrudel hatte.
Unhörbar ließ er sich vom Baum fallen und schlich davon.
Die Wölfe gaben ihm einen ausreichenden Vorsprung.
Natürlich hatte Murathyr bemerkt, dass er in eine bestimmte Richtung gelenkt wurde. Aber es war ihm schlicht egal, weil dies sowieso seine Richtung war.
Er ging den Weg weiter in die höheren Berge. Er würde bald sein Vorhaben umsetzen und den König von seinem verstaubten Thron stürzen.
Vorher müsste er noch den Hemmschuh in Form der Elfenhexe aus dem Weg räumen müssen. Sie war das eigentliche Hindernis, das ihm bei seinem Plan im Wege stand. Das war ihm inzwischen klar geworden. Alle anderen Hindernisse waren dagegen bestenfalls kleine Stolpersteine!
Jildhrell besaß wesentlich mehr Weitsicht als alle anderen Bergelfen zusammen, das musste er widerwillig zugeben. Zudem war sie höchst gefährlich sogar für ihn. Diese Gefahr galt es als erstes zu bannen. Wahrscheinlich war sie die Einzige die sein wahres Vorhaben schon längst erkannt hatte. Dafür hasste er sie und was schlimmer war, er konnte sich den Grund für dieses Gefühl nicht erklären.
Eigentlich war es ja ein Zufall, dass er den Weg in die Berge genommen hatte. Nur ein kleiner Auftrag, den er eigentlich mehr zufällig mitgenommen hatte. Diesen Freiherren zu töten, ließ ihn die Richtung in die Berge einschlagen. Den Ort seiner Kindheit.

Die Beweggründe seines Auftraggebers ließ er außen vor. Die waren ihm schlicht egal. Er lebte schließlich für die Jagd auf Lebewesen aller Art, überall auf dieser Welt. Das war seine Gabe. Anfangs glaubte er einen schnellen Routineauftrag mitgenommen zu haben. Das war eine günstige Gelegenheit, die ohnehin auf seinem Weg lag.
Doch je mehr er auf dem Weg in die Berge über sein Opfer erfuhr, desto sportlicher wollte er an die Sache herangehen. Er wollte sein Opfer erst einmal testen, seine Leistungsfähigkeit, sein Denken und Fühlen. Es begann ihm Vergnügen zu bereiten, falsche Fährten auszulegen. Es war ein Vergnügen das Unverständnis über die Zusammenhänge bei dem Fährtensucher zu sehen.
Und einmal mehr bestätigte sich, wie leicht Menschen gegeneinander aufzuhetzen waren. Dieser Ustin, den er auf dem Weg in die Berge aufgelesen hatte, war ein wirklicher Narr gewesen. Er hatte sich sein Schicksal ehrlich verdient.
Seine Anhänger waren im Grunde noch viel schlimmer. Leichtgläubig und schlicht im Gemüt. Er lächelte bei dem Gedanken, wie er sie auf die Reise in ein neues Leben geschickt hatte. Es war so einfach gewesen, das er es beinahe selbst nicht glauben konnte.
Kein Elf wäre auf die Idee gekommen, irgendjemand Fremden hinterher zu laufen, nur weil er ein paar hohle Versprechungen machte.
Er hatte den Freiherren nicht mehr ganz oben auf seiner Liste, aber er war nicht vergessen. Seinen Auftrag würde er erfüllen, wie gewohnt. Er hatte schließlich auch einen Ruf zu verlieren!
Doch er musste sich jetzt auf dem vertrauten Weg zum Schloss des Elfenkönigs konzentrieren.
Hier würden Späher alle Wege im Auge haben. An denen wollte er jedoch unbedingt ungesehen vorbei kommen. Das war für ihn eine

Frage der Ehre. Die Wächter zu töten, wäre zu banal und auch unnütz.
Er wusste, der schwierigste Teil war die Schlucht, an deren Ende schließlich der Eingang zum Höhlenschloss lag. Die Schlucht war schmal, die Wände steil. Was ihn schon immer geärgert hatte, war der hässliche Namen, den die Menschen der Schlucht gegeben hatten – Elfengraben! Das klang so abwertend für das unterirdische Schloss der Bergelfen!
Es waren Nischen in die Steilwände der Schlucht geschlagen, in denen Bogenschützen gut gedeckt wachten. Aber auch dafür hatte Murathyr schon einen Plan. Es war ein alter Plan, den er sich schon als junger Elf ausgedacht hatte. Denn er war schließlich in diesem Schloss geboren! Oder wenigstens in dessen Nähe. Dieser Gedanke brachte ihn wieder auf die Frage, wer überhaupt seine Mutter war. Er hatte sie nie kennengelernt. Sein Vater hatte ihm immer nur ausweichende Antworten auf diese Frage gegeben. Schließlich hatte er diese Frage verdrängt.
Er rief sich zur Ordnung, Es ging weiterhin um die Ausführung seines Plans! Endlich, nach Jahrzehnten, würde er ihn ausführen! Darauf freute sich der Assassine schon unbändig. Er wollte die überraschten Gesichter der Torwächter sehen. Es kam selten vor, das Elfen sich erlaubten überrascht auszusehen. Doch in diesem Augenblick würden sie es sein. Darauf würde er wetten!
Nur die Hexe Jildhrell konnte noch zu einem Problem werden. Sie konnte in seine Gedanken sehen! Sie konnte seinen schönen Plan am Ende noch vereiteln! Das wollte er ihr nicht erlauben.
Er schritt energisch mit weiten Schritten voran. Seine Zeit war gekommen.
Die Wölfe hatte er indessen weit hinter sich zurückgelassen.

Arnulf stand wieder in seiner Menschengestalt im Kreis der Wölfe. Streuner lag ruhig zu seinen Füssen. Schwarzer Schatten, der Leitwolf, stand nur wenige Schritte vor ihm.
Es war keine Angenehme Situation für einen Fährtensucher. Für keinen Menschen überhaupt.
Seine Schwester Anka war aus dem Nichts aufgetaucht. Der Mond versteckte sich gleichzeitig hinter einigen Wolkenfetzen.
"Du weißt jetzt, wo er hin will?" Anka sah ihren Bruder an, der auch nur ein Schatten im Wald war.
In diese Richtung konnte es nur ein Ziel geben, das Schloss der Bergelfen im Elfengraben.
Arnulf nickte kurz.
"Kannst du dir vorstellen was sein Plan ist", Anka sah ihn abwartend an.
"Er will zum Elfenkönig. Er will Veränderung. Er will seinen Tot. Alles andere wäre Unsinn und dieser Assassine plant alles sehr genau. Was wollte er mit Ustin und seinen Leuten erreichen, das verstehe ich noch nicht."
Der Leitwolf knurrte kurz. Anka nickte ihm kurz zu. Die beiden verstanden sich auch ohne Worte.
"Schattenfell glaubt, dass sein Weg sich verzweigt hat, aber das Ziel am Ende, ist das gleiche geblieben. Du warst es erst, jetzt bist du ihm im Augenblick nicht wichtig. Doch er wird sich deiner später wieder erinnern."
Das bedeutete für Arnulf, dass jemand hier aus den Bergen den Assassinen ursprünglich auf ihn angesetzt hatte.
"Der Plan hat sich durch irgendetwas geändert? Vielleicht rechnet er sich Chancen aus, zu den Elfen zurückkehren zu können. Er hat gemerkt, dass sie ihn verehren."
"Er will die Regeln hier in den Bergen ändern", sagte Anka schnell. "Das wird dem Elfenkönig nicht gefallen!"

"Was kann ausgerechnet ich dagegen tun?"
Der Freiherr sah hoch zum Nachthimmel. Schattenfell knurrte lauter. Arnulf fröstelte es.
"Du musst ihn für die Elfen sichtbar machen. Sie müssen erkennen, wer da zu ihnen kommt!"
Die Wölfe verschwanden lautlos einer nach dem anderen. Einige Augenblicke später stand Arnulf allein im Wald, nur wenige hundert Schritte entfernt von dem Schloss der Elfen.
Dorthin sollte er nicht einfach gehen. Die Bergelfen mochten es nicht, wenn man sie in ihren Höhlen aufsucht, wie er aus eigener Erfahrung wusste.
Er war wieder einmal ratlos, doch er konnte nicht einfach hier stehen und warten, Murathyr konnte jeden Augenblick hinter ihm stehen.
"Eure Schamanin kann gelegentlich auch den Wind lesen", sagte eine Stimme neben ihm.
Arnulf erschrak. Er hatte das Gefühl alt zu werden. Einem Fährtensucher durfte so etwas nicht passieren, wenn er überleben wollte! Auch wenn er die Stimme aus dem Dunkel kannte, war das kein Grund zum Aufatmen.
Jildhrell war erfreut, dem Menschen vor sich einen Schrecken eingejagt zu haben.
"Welchen Wind meinst du", fragte Arnulf.
"Die leichten Böen vor dem Sturm, der alles Alte hinwegfegen wird!"
"Du hast Angst um das Elfenreich?"
Die Hexe antwortete nicht sofort. Arnulf wünschte sich, wenigstens einen Schatten erkennen zu können.
"Der König ist sehr alt, wenn man mit der Lebensspanne der Menschen rechnet", bekam er nur zur Antwort.

"Du glaubst also auch, dass er nicht gegen den Assassinen gewinnen kann?"
"Nicht ohne Hilfe", erkläre sie schlicht. Sie hatte in der Frage wohl keinen Zweifel.
"Er wird doch eine Wache haben."
"Er ist der König, er ist das Elfenreich! Er muss es auch allein verteidigen können! Das mussten alle anderen Könige vor ihm auch!"
Das war wohl eher im übertragenen Sinne zu verstehen.
Arnulf verstand, dass der Elfenkönig für sein Reich einstehen musste. Wenn seine Wache für ihn kämpfen würde, hätte er seine Autorität eingebüßt. Es war immerhin nur ein Elfe, der ihn herausforderte!
"Er benötigt also Hilfe. Wie willst du das anstellen? Ich darf nicht einmal den Palast betreten! Und was könnte ich schon tun, um ihm zu helfen?"
"Du kannst dich gefangen nehmen lassen", antwortete die Hexe genüsslich. Sie sah ihn mit einem unergründlichen Blick an.
Das war nichts, was Arnulf reizte. Die Elfen würden einen Menschen in ihrem Palast wohl nicht sehr gastfreundlich aufnehmen. Eher würde er schwere Ketten umgelegt bekommen.
"Du wärst ein zusätzliches Lockmittel, denn dich wollte er schon die ganze Zeit töten. Das war sein eigentlicher Auftrag."
"Du willst ihn unbedingt zum König locken, obwohl er zu schwach ist, um gegen ihn zu bestehen?"
Die Hexe antwortete darauf nicht. Er wartete eine Weile. Nichts geschah. Jildhrell war verschwunden.

# Der Plan

Es war im Grunde ganz einfach. Er brauchte nur etwas unvorsichtig in Richtung der Schlucht, den die Menschen etwas respektlos Elfengraben nannten, gehen. Diese Schlucht war ein schmaler, etwas abfallender Einschnitt in den Felsen. Man konnte gerade noch mit einem Gespann bis zum Tor fahren. Für einen großen Angriff auf das geheimnisvolle Elfenschloss unter dem Berg war schlicht kein Platz vorhanden. Dazu sollte es der Sage nach, noch zwei in den Berg gefügte Wächter geben, die in der größten Not aus dem Fels heraustraten und den Feind zerschmetterten. Weder Menschen noch Elfen konnten behaupten diese Wächter schon jemals gesehen zu haben. Der einfachste Grund war natürlich, das die Bergelfen noch nie in so große Bedrängnis geraten waren.

Natürlich hatten auch schon Generationen von Fährtensucher heimlich versucht auszumachen, wo diese steinernen Wächter zu finden waren.

Diesen Weg würde Arnulf nehmen, der ihn dann geradewegs zum Schloss der Elfen führen würde. Natürlich sollte er sich nicht zu unvorsichtig anstellen. Das würde den Wachen der Elfen sofort auffallen. Sie würden ihn dann vielleicht gleich mit ihren Bögen niederstrecken.

Er konnte nur darauf hoffen, dass sie neugierig waren, zu erfahren, was der Freiherr dort verloren hatte. Er war ihnen schließlich bekannt aus einigen Begegnungen in der Vergangenheit.

Das knacken eines trockenen Zweiges würde genügen, um ihre Aufmerksamkeit auf sich zu ziehen. Er sah sich aufmerksam um. Er spürte die Augen der Elfen auf seinem Rücken, doch sie warteten noch ab und beobachteten ihn nur.

Mit der Fußspitze stieß er einen Stein an.

Einen Augenblick später spürte er die Spitze eines Schwertes an seinem Hals und blieb stehen. Die Wächter drehten ihm stumm die Arme auf den Rücken und fesselten ihn. Sie hatten ihn kaum angesehen. Offensichtlich warteten sie auf jemand anderen.
Die Wachen führten ihn ohne ein Wort den schmalen Pfad entlang, der zum Tor des Schlosses führte. Trotz der Dunkelheit liefen sie den Weg entlang ohne einmal auch nur zu straucheln. Arnulf hingegen stolperte absichtlich einige Male, um den tumben Menschen zu spielen.

Murathyr war ärgerlich, die Wachen waren schneller an dem Menschen gewesen als er. Seine Augen hatten den Fährtensucher schon längst im Blick, als er den Eingang zur Schlucht betrat. Dabei hatte er ihn schon beinahe mit den Händen greifen können. Er konnte dessen Schweiß riechen und doch musste er sich nun zurückhalten!
Es war für den Assassinen kein günstiger Augenblick, einem Wächter der Elfen etwas anzutun. So kurz vor seiner Machtergreifung wäre das ungeschickt, musste er einsehen.
Im dichten Abstand verfolgte er die Wächter mit ihrem Gefangenen.
Kurz vor dem verbotenen Torbereich hielt er inne. Hier waren die besten Elfenkämpfer zu finden. Auch ihn würden sie nicht überhören.
Er wollte ohnehin keinem von ihnen etwas antun, auch wenn er selbstverständlich gegen jeden von ihnen ganz leicht bestehen konnte.
Aber das war jetzt nicht sein Ziel.

Diese stolzen Bergelfen sollten schließlich später sein Standbein im neuen Elfenreich werden. Seine Elitetruppe, die er um sich scharen und durch einige Privilegien an sich binden würde.
Die Elfen lieferten ihren Gefangenen bei ihrem Wachhabenden ab. Gleichgültig sah er den Gefangenen an und schob ihn dann achtlos in eine schmale Höhle.
Er sah dem dreisten Menschen noch einmal sinnierend hinterher, ehe er die schwere Eichentür hinter ihm leise schloss und den Schlüssel zweimal herumdrehte.
Als das Tor hinter Arnulf leise zufiel, blieb er eine Weile stehen und sah sich um. Hier gab es nur ein diffuses schwaches Licht, von dem er nicht einmal sagen konnte woher es strahlte.
Wie sollte es nach dem Plan der Hexe nun weitergehen? Davon hatte er überhaupt keine Vorstellung. Er wusste nur, dass noch kein Mensch lebend aus dem Elfenschloss zurückgekehrt war!

Der Assassine hatte sich sehr unzufrieden ein weiteres Ziel gesucht, das er unbedingt auch noch aus dem Weg räumen musste. Aufmerksam beobachtete er nun, wie die Hexe Jildhrell durch den Wald huschte. Er konnte nicht erraten, was sie vorhatte. Das war aber auch nicht nötig, denn das würde ohnehin sehr bald ein Ende haben. Er folgte ihr in ausreichendem Abstand. Murathyr musste endlich herausfinden, wo sie ihre Behausung hatte. Er wusste ganz sicher, dass sie nicht in dem Elfenschloss wohnte.
In seiner Kindheit hatte er dies schon unzählige Male versucht. Doch immer hatte er sie irgendwie aus den Augen verloren. Und er konnte auch keine bestimmte Gegend feststellen, in der sie auftauchte oder verschwand. Sie war einfach überall, wo sie gerade sein wollte. Jildhrell wusste anscheinend auch immer, dass er in ihrer Nähe war und sie belauerte.

Das würde ihm jetzt nicht mehr passieren. Niemand war in der Lage ihm zu entkommen! In seinem Leben als Assassine hatte er viel gelernt. Darunter auch, misstrauischen Wesen zu folgen.
Da fiel ihm spontan dieser heilige Hirsch in den tiefen Wäldern von Rönningen ein. Das war damals ein wochenlanges Versteckspiel, ehe er seinen Auftrag erfüllen konnte.
Er folgte ihr mit großem Abstand.
Am nächsten frühen Morgen hatte sie ihm dann unwissentlich doch verraten, dass sie in einer Höhle an einem kleinen Wasserfall lebte. Es war von dort nur ein kurzer Weg zum Palast der Elfen. Vielleicht gab es sogar einen direkten Gang zum Königspalast. Warum hatte er das vorher noch nicht bemerkt?
Ihm kam kurz der Gedanke, dass sie ja von ihm gefunden werden wollte. Doch er schob ihn von sich. Das wollte er nicht glauben, schließlich war er der Spieler und nicht sie! Es war sein Spiel mit seinen Regeln!
Jetzt hieß es einfach warten.
Er wollte in ihrer Abwesenheit die Höhle, die sie bewohnte, präparieren.
Der Assassine hatte vor einiger Zeit viel über Mechanik bei einem Schmiedemeister der Zwerge gelernt. Der hatte ihm anfangs einige Fallen und Waffen mit unerhörter Geschicklichkeit und Präzision gebaut. Damit hatte der kleine Kerl über einen längeren Zeitraum gutes Geld verdient.
Doch als der Elf schließlich der Meinung war, ihm all sein Wissen abgeschaut zu haben, war der Zwerg des Todes. Seine Dankbarkeit für die Lehrstunden in dessen Werkstatt zeigte er, indem er den Zwerg keine Schmerzen bei seinem Ableben leiden ließ.
Das war so etwas, wie seinem Opfer Respekt zu erweisen. Das wurde den Wenigsten die er jagte, zuteil. Er genoss immer mit

einiger Erregung die Panik in den Augen seiner Aufträge, wenn sie erkannten, dass ihre letzte Minute gekommen war.
Der Zwergenmeister war wohl nie auf die Idee gekommen, dass er als Mitwisser nicht am Leben bleiben konnte. Der kleine begnadete Handwerker war einer der wenigen, dessen Tot ihm tatsächlich Leid tat.
Mit seinem frühen Ende verschwand viel Wissen aus der Welt. Ein Wissen das der Elf aber jetzt, wenigstens zum Teil, noch besaß! Es war also nicht vollständig verloren!
Er musste fast einen ganzen Tag geduldig warten, bis die Hexe ihre Höhle verließ. Murathyr verfolgte sie eine Weile, um sicher zu gehen, dass sie längere Zeit fort blieb.
Er installierte eine Falle, die sie beim Eintreten in die Höhle sofort mit einem scharfen Metallseil umschlingen würde. Sie durfte nicht einen Finger bewegen können! Und noch wichtiger, aus ihren Mund durfte kein Laut kommen! Dann würde sie leiden, sehr lange! Wenn die Zeit gekommen war, würde er sie besuchen, um ihr ein Ende zu bereiten!
Er installierte mit geschickten Fingern seine Falle, die in Aktion treten sollte, sobald sie sich vor ihr Feuer setzen würde. Einen Großteil der Zeit war er allerdings damit beschäftigt, alles wieder genau an seinen Platz zu legen. Die Höhle musste genauso aussehen wie vor seinem heimlichen Eindringen.
Seine Anwesenheit wollte er auf keinen Fall versehentlich verraten! Beim Hinausgehen sah er sich noch einmal genau um. Er war sich nicht sicher, denn er traute Jildhrell auf jeden Fall zu, hier etwas zu haben, das die Höhle überwachte. Vielleicht ein magisches Auge. Doch bei seiner vorsichtigen Suche fand er nichts dergleichen.
Langsam entfernte er sich.
Nun hieß es Geduld zu beweisen.

Es war inzwischen später Nachmittag.

Er machte sich auf den Weg hinauf auf den Berg. Murathyr wollte von oben in die schmale Schlucht sehen und beobachten was sich dort tat. Der Aufstieg war steil, aber er war trainiert und es ihm fiel nicht schwer.

Vorsichtig sah er sich um. Sicherlich würden auch auf dem Plateau Wachen stehen. Hier gab es nur wenig Deckung hinter Krüppelkiefern und in einige Mulden im Fels. Der Assassine legte sich flach auf den Boden und beobachtete reglos das Gelände. Es bewegte sich einfach nichts.

Eine Zeitlang überlegte er, ob er gerade in diesem Augenblick auf einem der beiden sagenhaften Wächter lag und hinuntersah. Dieser Gedanke erheiterte ihn ein wenig. Denn er war doch eigentlich eine Gefahr für den König und sein Reich. Sie müssten doch jetzt aus dem Fels hervortreten und ihn bekämpfen! Natürlich war das nur ein Märchen für Kinder.

Es war ihm jedoch unverständlich, warum hier keine weiteren Wachen zu sehen waren. Hatte der König ihm etwa eine Falle gestellt?

Er zog sich zurück, mehr Zeit wollte er hier nicht verschwenden. Heute Nacht würde er zurückkehren und seine Vorhaben in die Tat umsetzen.

Es gab Gelegenheiten, die durfte man nicht ungenutzt verstreichen lassen. Seine größte Sorge, die Hexe, war im Augenblick gebannt!

Als er die Höhle der Hexe wieder vorsichtig betrat, malte sich ein zufriedenes Lächeln auf sein Gesicht. Auch wenn er eigentlich nicht ganz überzeugt war, seine Falle hatte zuverlässig funktioniert. Die Hexe war jetzt fest zusammengeschnürt auf ihrem Stuhl fixiert.

Sie sah ihn abwartend an, schien aber keineswegs beunruhigt. Kein Ton kam über ihre Lippen. Vorsichtshalber knebelte er sie noch.
Er beherrschte sich. Es drängte ihn zwar, dieser Hexe etwas anzutun, aber dafür war später noch genügend Zeit.
Das war eine Regung, die plötzlich in ihm aufflammte. Dieses Gefühl beunruhigte ihn, denn er verstand nicht woher diese Wut kam. Er atmete tief durch und schob das alles beiseite.
Erst wollte er ihr vor Augen führen, wie er ihrem Protegé das verdiente Ende bereitete. Auch das war ein drängendes Verlangen.
Der alte König hatte seine Zeit gehabt, es war dringend nötig die Bergelfen nun in eine neue Zeit zu führen. Wollte er ihr das beweisen?
Der Assassine befürchtete, dass die Bergelfen sonst vom Sand der Zeit verschlungen würden und sich bald niemand mehr an das erhabene, alte Volk erinnern würde.
Zufrieden mit seiner Arbeit sah er auf die alte Hexe hinab. Er hatte sie sicher dort gefesselt auf ihrem Stuhl. Der Assassine schürte sogar etwas ihr Feuer, damit sie nicht fror bis er zurückkam.
Nun wurde es Zeit seinen Angriff auf den König der Bergelfen vorzubereiten.

Arnulf wurde nach kurzer Zeit von einigen Elfen befragt. Sie hielten ihm ihre fein gearbeiteten Schwerter dabei vor die Brust.
"Was willst du hier, Mensch? Du weißt doch genau, dass dir und deinesgleichen hier der Zutritt verboten ist!"
"Euer König ist in höchster Gefahr", antwortete Arnulf bedächtig.
Die Wächter sahen ihn ausdruckslos an. Er sah ein spöttisches Blitzen in ihren Augen. Ausgerechnet ein Mensch wollte sie warnen?

"Ihr solltet ihn in Sicherheit bringen", sagte er wohl wissend, dass sie ihn ignorieren würden. Er würde von seiner Übereinkunft mit der Elfenhexe nichts verlauten lassen. Das würden sie ihm ohnehin nicht glauben.
"An welchem anderen Ort sollte unser König sicherer sein vor diesem mächtigen Assassinen? Gib uns eine Antwort!"
Sie sahen ihn beinahe mitleidig an.
Darauf hatte er natürlich keine Antwort. Aber offensichtlich kam es darauf auch gar nicht an.
"Du kannst hier nicht kommen und gehen wie es dir beliebt! Das ist keinem Menschen erlaubt, auch dir nicht Fährtensucher!"
Die Wachen schienen danach nicht zu wissen, was sie mit diesem Menschen anfangen sollten. Natürlich war er auch ihnen gut bekannt, denn auch von seinen Taten wurde bei ihnen gesprochen. Er hatte jedoch ein Tabu gebrochen.
Arnulf wurden die Waffen abgenommen.
Die Elfen schoben ihn unsanft durch einen schwach beleuchteten Gang ihres Schlosses. Arnulf bewunderte die feinen Ornamente die in den Fels geschlagen waren. So etwas würde ihm zu Haus auch gefallen. Wie er jetzt auf diesen Gedanken verfallen konnte, war ihm nicht klar. Es war wohl die Sehnsucht nach Kunst und Schönheit, die irgendwo in ihm schlummerte.
Vor einer dunklen Seitenhöhle blieben sie stehen. Hier gab es nichts Schönes zu sehen. Nur nackte, kalte Felswände.
Zwei kleine Ölleuchter spendeten ein schwaches Licht.
Die Tür seines Gefängnisses stand schon offen, als hätten sie ihn erwartet.
Unsanft schoben wurde er hineingeschoben. Hinter ihm wurde leise, fast unhörbar, die Tür sofort wieder geschlossen.

Er sah sich in dem matten Licht um. Es gab hier nichts was seinen Blick festhielt, nur kahle Wände. Ihm fröstelte es leicht, es war kühl in seinem Gefängnis.
Was hatte er jetzt erreicht?
Wollte Jildhrell wirklich, dass er hier auf sein Stichwort wartete?
Er hatte absolut keine Möglichkeit, hier in dem Elfenschloss etwas zu bewirken. Bekam er ein Zeichen, damit er wusste wann es soweit war? Ein Stichwort für seinen Auftritt.
Er untersuchte sie Wände ausgiebig. Er hörte wie sich das Fenster an der Tür öffnete und ihn jemand stumm beobachtete. Er sah gleichgültig hinüber, das Fenster schloss sich kurz darauf wieder. Jildhrell wusste wohl spätestens jetzt, dass er hier angekommen war.
Seufzend setzte er sich auf den kalten Stein.
Er nahm sich etwas Trockenfleisch hervor und kaute lustlos darauf herum.

Murathyr schleuderte ein Seil mit genau kalkuliertem Schwung über die Schlucht. Es wickelte sich auf der gegenüberliegenden Seite um einen Baum, wie er es geplant hatte.
So weit so gut.
Nun wurde es schwieriger. Er musste ungefähr in der Mitte der Schlucht ein weiteres Seil befestigen an dem er sich dann fest band. Nach einige Versuchen gelang ihm dies. Er wurde dabei nicht ungeduldig. Wie hatte der Zwergmeister ihm immer eingetrichtert, "bleib  bei allen schwierigen Aufgaben gelassen, dann wirst du sie auch bewältigen."
Nun band er sich das Seil um den Bauch. Es war inzwischen abendliches Zwielicht hereingebrochen, das er so schätzte bei

seinen Aufträgen. Er konnte noch gut genug sehen, war aber selbst schwer zu erkennen.
Er warf einen letzten Blick über das Plateau und lächelte. Seine Zeit war nun endlich gekommen! Darauf hatte er schon sehr lange gewartet! Es schnürte ihm einfach das Herz zusammen, wenn er daran dachte, was aus seinem Volk geworden war.
Mit viel Kraft stieß er sich ab. Das Seil zog sich schmerzhaft über seiner Brust fest.
Die gegenüberliegende Felswand kam in rasendem Tempo auf ihn zu. Dann führte ihn das Seil zum Scheitelpunkte der Schlucht. Er stieß sich im richtigen Augenblick vom Boden mit den Füssen ab und lief ein kurzes Stück an der gegenüberliegenden rauen Felswand entlang.
Er sah das Tor zum Schloss schnell auf sich zu kommen. Kurz vor dem Endpunkt des Seiles schnitt er es durch und flog ein Stück durch die Luft. Er riss einen Wächter an der Tür bei seiner Landung nieder.
Genauso hatte er es haben wollen. Von ein paar Schürfungen abgesehen landete er genau am Tor, so wie er es geplant hatte. Zwei weitere Wächter näherten sich sofort mit gezogenen Schwertern. Er hatte einige Wurfsterne in der Hand und sie verfehlten ihre Ziele nicht. Es tat ihm um diese Elfen leid, aber Opfer gab es immer bei einschneidenden Veränderungen!
Er stieß das Tor auf und marschierte stumm an den Wachen vorbei. Keiner seiner Elfenbrüder rührte sich oder streckte ihm die Waffen entgegen. Das nahm er als gutes Omen, das Ziel war nahe!

Arnulf wartete eine Weile und drehte dann eine Runde in seinem Gefängnis. Er klopfte gegen die Wände, doch es wollte sich kein Geheimgang oder verdeckter Spalt zeigen. Mürrisch ging er zur Tür

und schlug gegen das massive Holz! Was sollte das alles, es war reine Zeitverschwendung!
Zu seiner Verwunderung öffnete sie sich ohne ein Geräusch einen Spalt breit. Sein Gefängnis war nicht abgeschlossen?
Er wollte seine Zeit nicht unnütz vertrödeln und spähte in das Halbdunkel. Kein Wächter war auf dem Gang zu sehen. Der Freiherr nutzte das aus und arbeitete sich leise bis zum Hauptgang vor. Auch hier war kein Elf auf Wache. Was hatte das zu bedeuten? War das eine Falle für ihn oder der Plan der Hexe?
Er lauschte eine Weile mit angehaltenem Atem und nahm sich schließlich ein Herz. Mit einem leichten Stoß drückte das schwere Tor etwas auf.
Niemand achtete darauf. Ein paar nahe Öllampen flackerten lediglich etwas im Luftzug.
Langsam folgte er dem dämmrigen Gang. Seine Sinne suchten nach einem Geräusch oder einer Bewegung. Doch niemand war hier, um ihn aufzuhalten.
Er hörte hinter dem nächsten Tor leises Klirren von Schwertern. Langsam drückte er das Tor einen schmalen Spalt breit auf. Er traute seinen Augen kaum, zu überraschend war das Schauspiel was sich ihm bot!

## Murathyr

Dort focht der König der Bergelfen allein mit dem Assassinen Murathyr!
Warum taten die Wachen nichts? Sie standen einfach nur unbeweglich da. Wo steckte die Elfenhexe Jildhrell? War es ihr Plan, so den König zu demütigen und  dann zu stürzen?

Wenn seine eigenen Wachen ihn zu Hause im Schloss so im Stich lassen würden, wären sie auf jeden Fall des Todes! Da musste mehr hinter stecken!
Flach an die Wand gedrückt schlich er bis zum nächsten schön marmorierten Pfeiler. Hier konnte er deutlich besser sehen. Seine Hände fuhren unwillkürlich über die eingearbeiteten Muster auf dem Marmor.
Jetzt konnte er auch die Elfenhexe sehen. Sie stand neben einer kleinen unauffälligen Tür und sah aufmerksam zu ihrem König. Den Wachen schien dies gleichgültig zu sein. Vielleicht war es normal, wenn sie von dort das Schloss betrat.
Der Elfenkönig stand ruhig dem Assassinen gegenüber. Sie tauschten einige Worte aus, das klang für Arnulfs Ohren nicht sonderlich freundlich. Der Assassinenelf hob wieder sein Schwert und machte einige schnelle Ausfälle in Richtung des Herrschers. Arnulf überlegte kurz ob der König der Elfen überhaupt noch lebte. Der alte Elf zuckte nicht einmal mit der Wimper. Er sah sehr erhaben aus, als er mit dem Assassinen das Schwert kreuzte. Doch der Schein trog. Der König war offensichtlich bald am Ende seiner Kraft. Doch er ließ sich das nicht anmerken.
Murathyr grinste bald darauf siegessicher. Auch er hatte die Schwäche des alten Königs bemerkt.
Noch heute würde eine neue Zeitrechnung in den Bergen beginnen! Er sah sich noch einmal nach seinem Publikum um und stutzte.
Die Hexe!
Sie stand reglos neben einem der vielen Pfeiler die das Hallengewölbe stützten. Es war im Augenblick unerheblich, wie sie so schnell hierhergekommen war. Ihr auftauchen war jedoch für ihn völlig überraschend! Sie sollte nicht hier sein!

Sie hatte jedoch keinen Blick für ihn, ihre ganze Aufmerksamkeit galt nur dem König.
Hatte seine Falle in ihrer Höhle also versagt?
Wut brandete in ihm hoch. Warum hatte er sie nicht gleich getötet! In Zukunft würde ihm das nicht wieder passieren! Er musste sich jedoch beherrschen, wenn er siegen wollte. Nicht das er daran auch nur einen Zweifel hegte.
Es sollte ja nicht mehr lange dauern, bis er den alten Elfen in die Knie gezwungen hatte.
Wie beiläufig warf er einige Metallkugeln in die Richtung der Hexe. Ein, zwei trafen sie am Kopf, so dass sie zusammenbrach. Blut lief ihr die Stirn hinab.
Urplötzlich stürzte er sich mit einem Schwertangriff wieder auf seinen Gegner. Der König wehrte den Ausfall gelassen, mit seinem kunstvoll verzierten Schwert, ab.
Nach einigen weiteren erfolglosen Angriffen, setzte Murathyr auf die Ermüdung des alten Königs. Der schmale Elfenherrscher sah aus, als wenn er jeden Augenblick zusammenbrechen würde. Man konnte fast Mitleid mit ihm haben. Doch er parierte weiterhin gekonnt die Angriffe des Assassinen.
Etwas später war Murathyr selbst etwas außer Atem geraten und erkannte, dass er so nicht zum Erfolg kommen würde.
Ihn beschlich nun ein Verdacht. Langsam drehte er sich zu der am Boden liegenden  Hexe um.
Ein kurzer Blick belehrte ihn, das sie sehr wohl bei Bewusstsein war und den König intensiv anschaute. Der König wurde mit Hexerei aufrecht gehalten! Das fand der Assassine merkwürdigerweise ungerecht. Ihm wurde mit Hexenwerk sein verdienter Sieg vorenthalten!

Alles in Arnulf schrie, dass er etwas tun musste. Doch sein Verstand hielt ihn zurück. Das war schließlich nicht sein Kampf und er war nur ein heimlicher Zuschauer. Aber war er wirklich nur ein Zuschauer? War er nicht sogar ein geladener Gast?
Murathyr ging indessen langsam auf Jildhrell zu. Eigentlich sollte sie das Ende des Königs von ihm am nächsten Tag erst erfahren, wenn er sich selbst zum neuen König gekrönt hatte.
Er wollte sie gut gefesselt, wie sie es unbedingt sein sollte, fragen ob sie ihm dienen würde.
Egal was sie darauf antworten würde, sie würde sterben. Jildhrell war ihm zu unsicher. Sie mischte sich gern überall ein, das musste er in der Zukunft unterbinden! Sie musste einfach sterben!
Er zog aus seinem Gürtel eine spezielle Klinge hervor. Die hatte er vor Jahren einem Hexenjäger abgenommen. Erst nachdem er ihn getötet hatte natürlich.
Vorher hatte der dem Tod geweihten Mann noch geschworen, dass diese besondere Klinge jeder Hexe ihre geheimen Zufluchtsorte im nebligen Bereich zwischen Leben und Tot verwehrte. Sie würde tatsächlich und endgültig sterben!
Die Hexe erkannte sehr wohl was auf sie zukam. Murathyr registrierte mit Zufriedenheit, dass sie Angst hatte. Wie viele Jahre hatte er auf diesen Augenblick gewartet! Dann musste das jetzt eben sofort erledigt werden.
Einer der umstehenden Elfen stützte den König plötzlich gegen jede Regel.
Der Kämpfer der Leibgarde zog sich zögernd zurück von seinem Herrscher.
Murathyr seufzte und ließ wieder von der Hexe ab. Ungeduldig wendete er sich wieder dem Elfenherrscher zu. Es war jetzt nur noch eine Frage von Sekunden.

Arnulf dagegen bewunderte die Haltung des alten Königs. Man sah am Zittern seiner Finger, das er völlig entkräftet war. Er konnte nicht fassen, dass Niemand energisch eingriff und dem Kampf ein Ende bereitete!
Das musste ein Ende haben! Wenn die Elfen schon nichts taten, so musste er wenigstens etwas tun. Schließlich war er ein Mensch und war nicht den entwürdigenden Maßstäben der Elfen unterworfen!
Er würde dem Meister des Todes zwar unterlegen sein, doch vielleicht erwachten ja die Wächter endlich aus ihrer Lethargie.
Er entriss dem nächststehenden Elfen das Schwert und stürmte auf den Assassinen zu.
Ein wenig überrascht parierte Murathyr den überraschenden Angriff.
Da Arnulf keine Rüstung trug, war er sehr beweglich. Sie jagten sich einige Male durch den Raum. Arnulf konnte in den Augen seines Gegners Begeisterung erkennen. Er war in seinem Metier. In diesem Augenblick hatte Murathyr viel Spaß.
Der Freiherr wusste natürlich, dass er nicht lange bestehen konnte gegen den Elfen. Doch nachdem er einen Angriff nicht ohne Mühe abgewehrt hatte, sah er plötzlich eine fein gearbeitete Schwertspitze aus der Brust seines Gegners  herausragen.
Überrascht sah er Murathyr an. Der erwiderte ebenso verblüfft seinen Blick. Er versuchte sich umzudrehen, doch es gelang ihm nicht.
Der König der Elfen trat neben den Assassinen. Er sprach in seiner Sprache an.
Murathyr wollte ärgerlich zu einem Schwertstreich ausholen. Doch seine Waffe fiel kraftlos zu Boden. Er sank mit einem Ruck auf die Knie.

Nun näherten sich die Wachen. Der Elfenkönig hob die Hand. Sie sollten ihn nicht anrühren, denn Murathyr war von der Krankheit der Menschen infiziert, so sagte er ihnen.
Die Wachen sollten sich ebenfalls nicht anstecken. Diese Krankheit hieß Gier und Rücksichtslosigkeit. Merkwürdigerweise verstand Arnulf die Worte.
Der Assassine lachte Blut spuckend.
"Ihr seid das Gestern", sagte er Blut hustend. "Ihr werdet Blind dem Leben gegenüber. Und das Leben wird nicht auf die Bergelfen warten! Der Stern der Bergelfen wird vergehen!"
Stumm sahen ihn die Wächter an. Man konnte nicht sagen wie sie zu diesen Worten standen.
Da Arnulf erwartete, dass er jetzt schnell gerichtet wurde, stellte er sich vor den knienden Verletzten. Murathyr war ungerührt von dem Ganzen, er nestelte mit zitternden Händen ein kleines Ledersäckchen hervor und begann Kräuterblätter in seine Wunde zu drücken. Es bereitete ihm Schmerzen, doch er wollte nicht hier vor dem König schmachvoll verenden.
Arnulf stieß seinen Fuß gegen den Brustkorb des Assassinen. Er fiel kraftlos auf den Rücken. "Sag mir, wer waren deine Auftraggeber", forderte er eindringlich.
Der Elf stöhnte vor Schmerz auf. Doch schwieg er zunächst. Nach einer Weile grinste er.
Die Köpfe der Elfen drehten sich überrascht alle zu ihm. Sie hatten ihn sehr gut verstanden.
"Du brauchst nur aus deinem Fenster zu sehen. Dort siehst du deine Feinde! Viele Feinde!" Mehr war er nicht bereit zu sagen.
Murathyr versuchte sich zu erheben. Er nahm alle Kraft die er noch besaß zusammen.
Wenn Arnulf aus dem Turmfenster sah konnte er in der Ferne Ylstenbyrg erkennen. Der König dort sollte ihm einen Kopfgeldjäger

auf den Hals gehetzt haben? Oder meinte der Elf die Sippe Van Ylsten?
Das war nicht ein und dasselbe. Ylsten wurde von einer Allianz des Landadels regiert. Dort änderten sich ständig die Machtverhältnisse. Ein ständige Ärgernis für die kleinen Fürsten war jedoch, das sich das mächtige Ylstenbyrg ihnen nicht anschloss. Es war auch zu stark, um von ihnen unterworfen zu werden. Sie hatten es schon einige Male erfolglos versucht.
So oder so, war dies keine gute Nachricht, wenn sie denn stimmte. Der Freiherr würde sich unter seinen Nachbarn diskret umhören müssen.
Der Assassine stand immer noch schwankend auf seinen Beinen und suchte nach einem Ausweg.
Die Hexe beobachtete ihn genau. Langsam ging sie auf ihn zu und blieb dann dicht vor ihm stehen. Es sah so aus, als wenn sie etwas zu ihm sagen wollte.
Murathyr wendete sich jedoch gleichgültig von ihr ab und verließ schwankend den Saal. Er zog dabei eine Blutspur hinter sich her. Keiner der Elfen hielt ihn auf. Stumm verfolgten sie sein Torkeln mit ihren Blicken.
Der Elfenassassine schleppte sich zum Haupttor. Ein Wächter öffnete stumm einen Torflügel und sah Murathyr kalt an.
Er wollte hier nicht sterben! Er wollte überhaupt nicht sterben! Die Bergelfen hatten ihn verraten! Sollte die ganze Sippe doch untergehen! Sie wollten es doch so haben. In einigen Jahrzehnten waren sie nur noch eine verblassende Gutenachtgeschichte der Menschen. Dann würden sie allein und unangefochten von den Elfen die Erde beherrschen!
Er atmete auf, als er die Stufen hinab schwankte. Ein frischer Wind blies ihm ins Gesicht und belebte ihn etwas.

Er musste sich jetzt nur eine Zeitlang verstecken. Er kannte Kräutermixturen, die ihn schon einige Male am Leben gehalten hatten, als es keine Hoffnung mehr gab. Er brauchte jetzt nur eines, etwas Zeit!
Er sah zum Abschied die steilen Felswände hinauf. Sie tanzten vor seinen erschöpften Augen.
Hierher würde er nicht mehr zurückkehren! Das hatte dieses Land nicht verdient!
Die feigen Wachen hinter ihm, getrauten sich nicht einmal, ihn einige Pfeile in den Rücke zu jagen! Sie waren es einfach nicht wert, sich Gedanken über sie zu machen! Wie konnte er sich in seinem Volk so irren? Er konnte nicht wissen, dass der Elfherrscher es den Kriegern verboten hatte.
Er lehnte sich an einen Baum, seine Beine würden ihn nicht mehr lange tragen können, das wusste er sicher. Mit fahrigen Fingern zog er ein weiteres Säckchen mit Kräutern hervor und kaute ein wenig auf ihnen. Das war sein letzter Trick.
Er fühlte fast sofort neue Energie seinen Körper durchströmen.
Ja, die Kräuter der Hexe von Wolfenheim hatten es in sich. Sie hatte ein großes Wissen mit in den Tod genommen. Aber sie war nun einmal ein Auftrag gewesen, da gab es kein Mitleid.
Er hatte schon einige Kräuterkundige als Auftrag erhalten. Es erschien ihm dann wie Verschwendung, dass er diese Leute mit ihrem Wissen, schon vor ihrer Zeit aus dem Leben reißen musste. So viel Erfahrung ging dadurch verloren.
Aber ein Auftrag war ein Auftrag! Sie waren einigen Adligen ein Dorn im Auge gewesen. Wissen bringt einige Menschen auf merkwürdige Gedanken. Sie beginnen dann plötzlich an allem Möglichen zu zweifeln.
Immerhin hatte er sich einige Male nach getaner Arbeit mit den Aufzeichnungen seiner Opfer beschäftigt. Er konnte dieses Wissen

weitertragen. Es hatte ihm auch einige Male schon das Leben gerettet. So würde es auch dieses Mal sein.
Seine Brustwunde hatte schon aufgehört zu bluten.
Unglaublich, nach einer so schweren Verletzung noch weiterleben zu können! Doch er war beunruhigt.
Er war noch nicht ganz aus der Schlucht heraus.
Seine getrübten Augen sahen Schatten zwischen den Bäumen. Dort lauerte etwas und er war noch nicht in der Verfassung sich verteidigen zu können. Das pulsierende Rauschen in den Ohren nahm stetig zu.
Das ließ für ihn nur einen Schluss zu, die Wölfe warteten dort auf seine Ankunft.
Er hatte in der letzten Zeit einige von ihnen getötet. Nicht aus Lust am Töten. Sie waren ihm einfach im Weg gewesen und das war für ihn in diesem  Augenblick sicherlich nicht vorteilhaft.
Aber er war auch von dem Gefühl getrieben, das die Tiere glaubten, der Wald gehörte ihnen. Für ihn stand jedoch schon immer außer Frage, dass der Wald und die Berge den Elfen gehörte. Und nur ihnen!
So hatte er es von Kindesbeinen an gelernt. Er hatte versucht, es ihnen begreiflich zu machen.
Jetzt warteten sie dort zwischen den Bäumen im Zwielicht auf ihn.
Umkehren würde zu demselben Ergebnis führen. Der Elf kicherte belustigt. Die Elfenkrieger würden es bestimmt nicht wagen ihn anzugreifen!
"Wohin willst du gehen", fragte eine vertraute Stimme hinter ihm.
Ergeben blieb der Verletzte stehen. Er seufzte.
Warum konnte ihn Jildhrell nicht einfach gehen lassen? Der Assassine verfluchte seine Schwäche, die bleiern auf seinen Schultern lastete. Er würde dieser alten Hexe gern etwas Gewalt antun! Doch im Augenblick war er dazu gar nicht in der Lage.

"Du weißt genau, dass du ihnen nicht entkommen kannst", sagte sie leise in einem fast mütterlichen Ton. Murathyr kam sich in diesem Augenblick vor, wie ein halbwüchsiger Elf, mit dem seine Mutter schimpft.
"Ich weiß, wie du mich als Kind immer verfolgt hattest. Du wolltest wohl herausfinden wo ich wohnte. Nun weißt du es ja, aber es nutzt dir nichts mehr, ist das nicht furchtbar? Du hattest so viele gute Anlagen und ich hatte dich schon als rechtmäßigen Nachfolger des Königs gesehen, doch du hattest nicht die Ausdauer, abzuwarten. Du wolltest alles gleich auf der Stelle. Du hast dein Können  und Wissen für Taten genutzt, die eines Elfen nicht würdig sind! Murathyr, du bist vom Weg der Elfen abgekommen!"
Der Tadel in ihrer Stimme klang wie der Tadel einer Mutter.
"Euer Weg führt geradewegs in die Vergessenheit", erwiderte er aufgebracht, die Stimme versagte ihm beinahe. Warum wollte das niemand begreifen?
Er hatte durch seine Arbeit wahrscheinlich mehr von dieser Seite der Welt gesehen, als alle Elfen hier in den Bergen zusammen. Es stand, der Hexe einfach nicht zu, über ihn zu urteilen!
Er hatte gesehen, was Zeit anrichtet. Er hatte gesehen, was aus den Flachlandelfen geworden war! Sie hatten auf ihn wie ein Rudel Untoter gewirkt. Mit Handarbeiten und Kräutermixturen hatten sie sich bei den Menschen Geld verdient! Das empfand er als entsetzlich erniedrigend!
"Lass mich gehen, alte Hexe", verlangte er mit matter Stimme.
"Oh ja, ich lasse dich gehen, mein Sohn!" Sie sah ihn eine Weile stumm an.
Er fragte sich, warum sie das ausgerechnet jetzt zu ihm sagte.
"Ich habe dich immer als meinen Sohn gesehen", Jildhrell klang beinahe traurig. Der Elfe horchte auf. Was konnte das bedeuten? Wollte sie ihm etwa jetzt erzählen, dass sie seine Mutter war? Das

konnte nicht sein! Wenn er jetzt darüber nachdachte, hatte er eigentlich nie eine Mutter gehabt, das gab ihm zu denken. Das wäre natürlich ein Grund gewesen, das sie ihn nie auf den Knien hatte oder zu Bett brachte.
Alles in ihm sträubte sich gegen diese Erkenntnis. Das durfte nicht sein!
"Hör auf, mir solch ein Kindermärchen zu erzählen! Du kannst keine Mutter sein! Ich habe dich nie als Frau gesehen - denn du bist nur eine gefährliche Hexe, vor der jeder Angst hat, sogar der König!"
Stumm sah die Elfenhexe Murathyr an. Man konnte nicht erkennen was sie dachte.
Der Assassine hatte kurz die Eingebung, dass seine Worte bei der Jildhrell Schmerzen verursacht haben könnte. Er fühlte so etwas, das brachte ihn jedoch durcheinander. Er wollte sich keine Gedanken darüber machen, denn es durfte einfach nicht sein!
Diese Hexe konnte einfach keine Mutter gewesen sein, schließlich war sie eine, die keine Familie haben durfte! So etwas hätte seinen Vater entehrt!
Er hatte kurz das Gefühl, das sie seine Gedanken las. Das wollte er jedoch nicht, sie sollte sich nicht an seinen Zweifeln laben! Das ging sie einfach nichts an!
Mit einem Ruck wandte Jildhrell sich plötzlich um und verschwand, wie es ihre Art war, im Wald.
Der Elf ging langsam auf die Bäume zu. Die Wölfe begannen zu heulen.
Mit zittrigen Händen zog er ein Messer aus der Scheide. Eines mit langer Klinge und mit vielen komplizierten Ornamenten. Das hatte er von seinem Vater überreicht bekommen, als er das Jungkriegeralter erreicht hatte. Zu gern hätte er damals gewusst, wo seine Mutter in all den Jahren war. Diese Frage hatte ihn sein ganzes Leben unterschwellig beschäftigt. Er wollte wissen wie und

warum sie gestorben war, wenn sie verstorben war! Dieser Gedanke brachte jetzt kurz vor seinem Ableben eine Erkenntnis, den er nicht anerkennen wollte.
Hatte die alte Hexe mit Absicht diesen Zweifel in sein ausblutendes Herz gesät? Er wagte nicht dieses Wort auszusprechen, noch zu denken. Er weigerte sich einfach. Das durfte nicht sein!
Ein Schmerz machte sich in ihm breit, den er zu verdrängen suchte.
Endlich hatte er den Wald erreicht. Hier fühlte er sich zu Haus. Er lehnte sich an einen Baum und sah hoch zu den Sternen.
Warum hatte die alte Hexe das zu ihm gesagt? Dahinter steckte doch ein Zweck!
Die Erkenntnis schien ihn zu Boden zu drücken. Wie konnte er so blind sein!
Sein ganzes frühes Leben war sie nie weit weg gewesen! Woher sollte er seine Fähigkeiten bekommen haben, die ihn so offensichtlich von den anderen Elfen unterschieden?
Er versuchte sich umzusehen, doch seine Sinne schwanden.
Mutter?!
Die ewige Nacht kam langsam über ihn, Dunkelheit breitete sich langsam in seinem Innern aus.

Arnulf war schon ein ganzes Stück tiefer im Wald. Er schritt weit aus, denn er wollte noch in dieser Nacht in einer menschlichen Behausung übernachten. Bis dahin hatte er noch ein gutes Stück vor sich.
Er hielt plötzlich inne, als das Heulen der Wölfe begann. Schwarzer Schatten, der Leitwolf, war wohl dabei, die Ordnung wieder herzustellen. Ganz ohne die Hilfe der Menschen und Elfen.
Er lauschte eine Weile, bis er sich entschloss weiterzugehen.

Streuner gesellte sich später zu dem Fährtensucher. Stumm liefen die beiden nebeneinander her.
Der Freiherr überlegte immer noch, wie Ustin und dessen Anhänger auf die Idee kamen sich auf Azerbur zu berufen.
War es nur ein Ablenkungsmanöver? Wer in Ylsten war so gerissen? Wer aus dieser Sippe der Van Ylsten war damals dabei, als Azerbur sein Ende fand?
Oder waren es die fast allgegenwärtigen aber unsichtbaren Guldenhulen? Dieser Name geisterte immer noch durch die Berge, ohne das Arnulf eine Idee hatte warum das so war!
Er würde in Zukunft sehr viel genauer das Flachland beobachten müssen.
Hatte etwa Sylvia Van Ylsten, seine Königin, ihre Verwandtschaft wiederentdeckt, oder ihre Verwandtschaft sie?
Die Van Ylsten Sippe war weit verzweigt und zahlreich, dazu waren sie als äußerst rücksichtslos bekannt und immer zu einer Schandtat bereit, wenn sie sich davon einen Vorteil erhofften. Davon wurde er schon einmal Zeuge.
Er hielt plötzlich in seinem Lauf inne.
Die plötzlich eintretende Stille im Wald überraschte ihn. Der ehemalige Fährtensucher blieb stehen und lauschte eine Weile aufmerksam in die Dunkelheit. Er hatte keine Angst, als Mann des Waldes war sie ihm vertraut. Diese Stille war der Nachhall eines Ereignisses, das vor einem Augenblick geschehen war.
Streuner stupste mit seiner feuchten Nase seine Hand zum Abschied und war verschwunden.
Der Fährtensucher begriff, dass es vorbei war. Der Wald schien aufzuatmen.
Der Bergelf Murathyr hatte nun den Wald verlassen. Das Ungleichgewicht in den Bergen war aufgehoben, vermutete Arnulf.

Die üblichen verstohlenen nächtlichen Geräusche setzten wieder ein.
Der Elf war jetzt in die Dunkelheit gegangen und das war gut so.
Schließlich würde der Freiherr bald ein kleines Baby in den Armen halten!

Danksagung
an Delilah für den Wolf
und an Ramona sowie Stella für ihre unendliche Geduld